HISTÓRIAS PARA SONHAR

Oscar Wild

Histórias para sonhar

Tradução

Thalita Uba

Esta é uma publicação Principis, selo exclusivo da Ciranda Cultural

Texto
Oscar Wilde

Tradução
Thalita Uba

Revisão
Fernanda R. Braga Simon

Diagramação
Linea Editora

Ilustrações
Vicente Mendonça

Imagens
Evgenii Skorniakov/Shutterstock.com;
DropOfWax/Shutterstock.com

Dados Internacionais de Catalogação na Publicação (CIP) de acordo com ISBD

W671h Wilde, Oscar

Histórias para sonhar: o Gigante egoísta, o Príncipe Feliz e o Rouxinol e a Rosa / Oscar Wilde ; traduzido por Thalita Uba ; ilustrado por Vicente Mendonça. - Jandira : Principis, 2021.
64 p. : il. ; 15,5cm x 22,6cm. - (Clássicos da literatura mundial)

ISBN: 978-65-5552-435-2

1.Literatura irlandesa. 2. Contos. I. Uba, Thalita. II. Mendonça,Vicente. III. Título. IV. Série.

2021-1241 CDD 891.62
CDU 821.111(417)-31

Elaborado por Vagner Rodolfo da Silva - CRB-8/9410

Índice para catálogo sistemático:
1.Literatura irlandesa 891.62
2.Literatura irlandesa 821.111(417)-31

1ª edição em 2021
www.cirandacultural.com.br

Sumário

O Gigante Egoísta

Todas as tardes, ao voltarem da escola, as crianças costumavam ir brincar no jardim do Gigante.

Era um belo e amplo jardim, com um gramado macio. Aqui e ali, sobre a relva, flores desabrochavam como estrelas, e havia doze pessegueiros que, durante a Primavera, eclodiam em delicados botões róseos e perolados e, no Outono, davam frutos suculentos. Os pássaros empoleiravam-se nas árvores e cantavam tão lindamente que as crianças costumavam interromper suas brincadeiras para ouvi-los.

– Como somos felizes aqui! – exclamavam umas às outras.

Um dia, o Gigante retornou, pois ele tinha ido visitar seu amigo, o ogro da Cornualha, e passara sete anos com ele. Depois de sete anos, ele havia dito tudo o que tinha para dizer, pois sua conversa era limitada, e decidiu retornar para seu próprio castelo. Quando chegou, viu as crianças brincando no jardim.

– O que vocês estão fazendo aqui? – esbravejou ele em um tom muito áspero, e as crianças fugiram correndo. – Meu jardim é o meu jardim – declarou o Gigante. – Todo mundo sabe disso, e não permitirei que mais ninguém brinque nele além de mim mesmo.

Então, ele construiu uma muralha alta ao redor do terreno e colocou uma placa de aviso:

Ele era um gigante muito egoísta, e as pobres crianças agora não tinham onde brincar. Elas tentaram brincar na estrada, mas era muito poeirenta e cheia de pedregulhos, e elas não gostaram. Costumavam rodear a enorme muralha quando suas aulas acabavam e conversar sobre o belo jardim que se escondia ali dentro.

– Como éramos felizes ali – lamentavam.

Então, a Primavera chegou, e todo o país ficou coberto de pequenos botões de flores e passarinhos, mas apenas no jardim do Gigante ainda era Inverno. Os pássaros não se davam ao trabalho de cantar lá, visto que não havia crianças, e as árvores se esqueceram de florescer. Certa vez, uma linda flor irrompeu da grama, mas, quando viu o aviso, lamentou tanto pelas crianças que se recolheu novamente no solo e voltou a dormir. As únicas contentes ali eram a Neve e a Geada.

– A Primavera se esqueceu deste jardim – comemoraram elas –, então viveremos aqui o ano todo.

A Neve cobriu toda a grama com seu grande manto branco, e a Geada pintou todas as árvores de prateado. Então, elas convidaram o Vento Norte para se juntar a elas, e ele veio. Vivia envolto em peles e rugia o dia todo pelo jardim, derrubando chaminés com seu sopro.

– Que lugar maravilhoso – disse ele. – Devemos convidar o Granizo para uma visita.

Então, veio o Granizo. Todos os dias, durante três horas, ele rufava no telhado do castelo, até quebrar quase todas as telhas, e então corria sem parar pelo jardim, o mais rápido que conseguia, vestia-se de cinza, e seu hálito era como o Gelo.

– Não consigo entender por que a Primavera está demorando tanto para chegar – comentou o Gigante Egoísta, enquanto se sentava à janela e observava seu jardim frio e branco. – Espero que o tempo mude.

Mas a Primavera nunca chegou, nem o Verão. O Outono produziu frutos em todos os jardins, exceto no do Gigante.

– Ele é egoísta demais – afirmou o Outono.

Então, era sempre Inverno ali, e o Vento Norte, o Granizo, a Geada e a Neve dançavam por entre as árvores.

Certa manhã, o Gigante estava deitado em sua cama quando ouviu uma música adorável. Soou tão encantadora a seus ouvidos que ele pensou que os músicos do rei deviam estar passando por ali. Era, na verdade, apenas um pequeno pintarroxo cantando do lado de fora de sua janela, mas, como já fazia muito tempo que ele não ouvia um pássaro cantarolar em seu jardim, aquela lhe pareceu a canção mais linda do mundo. Então, o Granizo parou de bailar sobre sua cabeça, o Vento Norte deixou de rugir, e um perfume delicioso penetrou pela janela aberta.

– Acredito que a Primavera tenha finalmente chegado – exclamou o Gigante, saltando da cama e olhando para fora.

O que ele viu?

Viu uma cena maravilhosa. Por um pequeno buraco na muralha, as crianças tinham entrado no jardim e estavam sentadas nos galhos das árvores. Em cada árvore, ele podia ver uma criancinha. E as árvores estavam tão contentes em ter as crianças de volta que haviam se enchido de flores e estavam balançando os braços delicadamente sobre as cabeças dos pequenos. Os pássaros voavam e gorjeavam entusiasmados, e as flores espiavam pela grama verdejante e riam. Era uma cena linda, e apenas em um canto do jardim ainda era Inverno. Era no canto mais afastado, onde um garotinho estava parado.

Ele era tão pequeno que não conseguia alcançar os galhos da árvore e ficava caminhando em torno dela, chorando amarguradamente. A pobre árvore ainda estava bastante coberta de gelo e neve, e o Vento Norte soprava e rugia acima dela.

– Suba, garotinho! – chamou a Árvore, abaixando os galhos o máximo que conseguia, mas o menino era muito pequeno.

O coração do Gigante derreteu-se todo com aquela visão.

– Como fui egoísta! – concluiu ele. – Agora sei por que a Primavera recusava-se a vir aqui. Colocarei aquele pobre garotinho no topo da árvore, e então derrubarei a muralha, e meu jardim será um lugar onde as crianças poderão brincar para todo o sempre.

Ele estava realmente arrependido do que tinha feito.

Então, desceu as escadas, abriu a porta do castelo silenciosamente e saiu no jardim. Porém, quando as crianças o viram, ficaram tão apavoradas que fugiram correndo, e o Inverno voltou a reinar no jardim. Apenas o garotinho não fugiu, pois seus olhos estavam cheios de lágrimas e ele não viu o Gigante se aproximar. Assim, o Gigante foi até ele, pegou-o delicadamente com a mão e o colocou em cima da árvore. A árvore floresceu imediatamente, os pássaros vieram cantar sobre ela, e o garotinho ergueu os dois braços, envolveu o pescoço do Gigante e o beijou. E as outras crianças, quando viram que o Gigante não era mais perverso, voltaram correndo ao jardim, e, com elas, a Primavera.

– O jardim agora é de vocês, crianças – disse o Gigante, pegando um enorme machado e derrubando a muralha.

E, quando as pessoas saíram para ir ao mercado, ao meio-dia, encontraram o Gigante brincando com as crianças no jardim mais lindo que já tinham visto.

Elas brincaram o dia todo e, à noite, despediram-se do Gigante.

– Mas onde está seu amiguinho? – perguntou ele. – O menino que coloquei na árvore.

O Gigante o amava mais que a todos, pois ele tinha lhe dado um beijo.

– Não sabemos – responderam as crianças. – Ele se foi.

– Vocês precisam dizer a ele para retornar amanhã – pediu o Gigante.

No entanto, as crianças disseram que não sabiam onde ele vivia e que nunca o tinham visto antes, e o Gigante ficou muito triste.

Todas as tardes, quando as aulas terminavam, as crianças iam brincar com o Gigante. Porém, o garotinho que o Gigante amava nunca mais apareceu. O Gigante era muito gentil com todas as crianças, mas sentia saudade de seu primeiro amiguinho e vivia falando dele.

– Como eu gostaria de vê-lo novamente! – costumava dizer.

Anos se passaram, o Gigante envelheceu e ficou muito fraco. Ele não conseguia mais brincar, então se sentava em uma poltrona enorme, observava as crianças em suas brincadeiras e admirava seu jardim.

– Tenho muitas flores lindas – disse ele –, mas as crianças são as flores mais lindas de todas.

Em uma manhã de Inverno, o Gigante olhou pela janela enquanto estava se vestindo. Ele não odiava mais o Inverno, pois sabia que a Primavera estava apenas adormecida e que as flores estavam repousando.

Subitamente, esfregou os olhos, surpreso, e olhou com mais atenção. Era, certamente, uma visão maravilhosa. No canto mais afastado do jardim, havia uma árvore coberta de flores brancas, seus galhos eram todos dourados, e frutos prateados pendiam deles. E, debaixo dos ramos, estava o garotinho que ele amava.

O Gigante desceu as escadas correndo, tomado por uma alegria imensa, e saiu no jardim, atravessou o gramado correndo e aproximou-se do menino. Quando chegou perto o bastante, seu rosto enrubesceu de raiva, e ele disse:

– Quem ousou machucá-lo?

Havia marcas de pregos nas palmas da criança, bem como em seus dois pezinhos.

– Quem ousou machucá-lo? – repetiu o Gigante. – Conte-me para que eu pegue minha espada e acabe com ele.

– Não! – respondeu a criança. – Estas são as feridas do Amor.

– Quem é você? – quis saber o Gigante. Assolado por um imenso temor, ele ajoelhou-se diante da criança.

O garoto sorriu para ele e disse:

– Você me permitiu brincar em seu jardim um dia. Hoje, você virá comigo ao meu jardim, que é o Paraíso.

Naquela tarde, quando as crianças chegaram, encontraram o Gigante morto, deitado sob a árvore, todo coberto de flores brancas.

O Príncipe Feliz

Bem acima da cidade, sobre uma coluna alta, ficava a estátua do Príncipe Feliz. Era toda revestida por finas folhas de ouro, duas safiras reluzentes faziam as vezes dos olhos, e um enorme rubi vermelho brilhava no punho de sua espada.

Ele era, de fato, muito admirado.

– É tão belo quanto um cata-vento – comentou um dos conselheiros da cidade que desejava ser conhecido por seu apreço pela arte. – Pena não ser tão útil – acrescentou ele, receando que as pessoas o julgassem pouco prático, o que, de fato, não era.

– Por que você não pode ser como o Príncipe Feliz? – perguntou uma mãe sensata a seu filhinho que chorava, pedindo-lhe a Lua. – O Príncipe Feliz nunca chora por coisa alguma.

– Fico feliz que exista alguém tão feliz no mundo – murmurou um homem frustrado ao olhar para a maravilhosa estátua.

– Parece um anjo – comentaram as crianças do orfanato quando saíram da catedral com suas capas de um vermelho vivo e seus aventais branquíssimos.

– Como vocês sabem? – questionou o professor de Matemática. – Vocês nunca viram um anjo.

– Ah, já vimos, sim. Em nossos sonhos – responderam as crianças, e o professor franziu o cenho e assumiu uma expressão muito severa, pois não aprovava que as crianças sonhassem.

Um dia, uma Andorinha sobrevoou a cidade. Suas amigas tinham partido para o Egito seis semanas antes, mas ela tinha ficado para trás, pois estava apaixonada por um belíssimo Junco. Ela o conhecera no início da primavera, quando estava voando por sobre o rio, perseguindo uma grande mariposa amarela, e ficara tão atraída por sua esbelta cintura que parara para conversar com ele.

– Devo amá-lo? – indagou a Andorinha, que gostava de ir direto ao ponto, e o Junco lhe fez uma majestosa reverência.

Então, ela voou ao redor de seu amado, tocando a água com as asas e provocando ondulações prateadas. Assim era seu cortejo, que durou todo o verão.

– Que afeição mais ridícula! – chilrearam as outras andorinhas. – Ele não tem dinheiro, além de ter parentes demais.

E, de fato, o rio estava repleto de juncos.

Então, quando o outono chegou, todas partiram. Depois que suas companheiras se foram, a Andorinha sentiu-se sozinha e começou a enfastiar-se de seu amado.

– Ele não diz uma única palavra – reclamou ela –, e receio que seja um safado, pois está sempre flertando com a brisa.

E deveras, sempre que a brisa soprava, o Junco fazia as reverências mais graciosas.

– Admito que ele é caseiro – continuou ela –, mas eu adoro viajar, e meu esposo, consequentemente, também deveria adorar viajar.

Finalmente, a Andorinha perguntou ao Junco:

– Você viria comigo?

Mas ele meneou a cabeça, pois era apegado demais à sua casa.

– Você apenas brincou comigo! – esbravejou a Andorinha. – Estou indo para as pirâmides. Adeus!

E, assim, ela partiu.

Voou o dia todo e, à noite, chegou à cidade.

– Onde me abrigarei? – refletiu ela. – Espero que a cidade tenha se preparado para me receber.

Então, ela avistou a estátua no topo da alta coluna.

– Eu me acomodarei ali – decidiu ela. – É uma ótima localização, com bastante ar fresco.

Então, ela se acomodou bem entre os pés do Príncipe Feliz.

– Tenho uma cama dourada – disse, baixinho, para si mesma, enquanto olhava ao seu redor, e preparou-se para dormir, mas, justo quando estava aninhando a cabeça debaixo da asa, uma grande gota d'água caiu sobre ela. – Que curioso! – exclamou ela. – Não há nuvem alguma no céu, e as estrelas estão reluzindo, mas está chovendo. O clima no norte da Europa é mesmo terrível. O Junco gostava da chuva, mas ele era um egoísta.

Outra gota caiu.

– De que serve uma estátua se não consegue conter a chuva? – ralhou ela. – Preciso encontrar uma boa chaminé.

E decidiu sair dali. Mas, antes que abrisse as asas, uma terceira gota caiu. Ela olhou para cima e viu... Ah! Que viu ela?

Os olhos do Príncipe Feliz estavam cheios d'água, e lágrimas escorriam por suas bochechas douradas. Seu rosto era tão formoso sob o luar que a pequena Andorinha se compadeceu.

– Quem é você? – perguntou ela.

– Sou o Príncipe Feliz.

– Então por que está chorando? – indagou a Andorinha. – Você me encharcou todinha.

– Quando eu era vivo e tinha um coração humano – contou a estátua –, não sabia o que eram lágrimas, pois vivia no Palácio de Sans-Souci, onde a tristeza não tinha permissão para entrar. Durante o dia, eu brincava com meus companheiros no jardim e, à noite, conduzia o baile no Grande Salão. Uma enorme muralha rodeava o jardim, mas nunca me atrevi a perguntar o que jazia além do paredão, pois tudo ao meu redor era maravilhoso. Meus cortesãos me chamavam de Príncipe Feliz, e, de fato, eu era feliz, se a felicidade pode ser considerada sinônimo de prazer. Assim vivi e morri. E, agora que estou morto, eles me colocaram aqui no alto para que eu possa observar toda a feiura e miséria da minha cidade, e, embora meu coração seja feito de chumbo, não posso evitar o choro.

"O quê? Ele não é feito todo de ouro?", pensou a Andorinha consigo mesma. Era gentil demais para fazer qualquer observação pessoal em voz alta.

– Lá longe – continuou a estátua, em um tom grave e musical –, em uma viela, há uma casinha pobre. Uma das janelas está aberta e, por ela, consigo ver uma mulher sentada a uma mesa. Seu rosto é magro e envelhecido, e ela tem mãos vermelhas e ásperas, cheias de feridas de agulhas, pois é costureira. Ela está bordando flores de maracujá em um vestido de cetim para a mais bela das damas de companhia da rainha usar no próximo baile da corte. Deitado em uma cama no canto do quarto está seu filhinho adoecido, que está com febre e pede laranjas. A mãe não tem nada para dar a ele além de água do rio, então ele está chorando. Andorinha, Andorinha, pequena Andorinha, você levaria o rubi de minha espada para ela? Meus pés estão presos ao pedestal, e não posso me mover.

– Sou aguardada no Egito – respondeu a Andorinha. – Minhas amigas estão sobrevoando o Nilo e conversando com as enormes flores de lótus; logo elas dormirão na tumba do grande rei. O corpo do próprio rei está lá, em seu caixão adornado, envolto em linho amarelo, e foi embalsamado com especiarias. Um colar de jade verde-claro está dependurado em seu pescoço, e suas mãos são como folhas secas.

– Andorinha, Andorinha, pequena Andorinha – repetiu o Príncipe –, você não ficaria comigo por uma noite, para ser minha mensageira? O menino tem muita sede, e a mãe está demasiado entristecida.

– Acho que não gosto de garotos – respondeu a Andorinha. – No verão passado, quando eu estava instalada no rio, havia dois garotos perversos, os filhos do moleiro, que viviam jogando pedras em mim. Eles nunca me acertaram, é claro. Nós, andorinhas, voamos alto demais; além disso, minha família é conhecida por sua agilidade. Mas, mesmo assim, foi um sinal de desrespeito.

O Príncipe Feliz parecia tão desolado que a pequena Andorinha se apiedou.

– Está muito frio aqui – comentou ela –, mas eu ficarei com você por uma noite e serei sua mensageira.

– Obrigado, pequena Andorinha – disse o Príncipe.

Então, a Andorinha arrancou o rubi da espada do Príncipe e voou para longe, por cima dos telhados da cidade, carregando-o no bico.

Ela passou pela torre da catedral, com seus anjos esculpidos em mármore branco. Passou pelo palácio e ouviu o barulho de uma dança, e uma linda garota saiu na sacada com seu amado.

– Como as estrelas são maravilhosas – disse ele a ela. – E como é maravilhoso o poder do amor!

– Espero que meu vestido esteja pronto a tempo do baile oficial – respondeu a moça. – Ordenei que fossem bordadas flores de maracujá, mas as costureiras são tão preguiçosas...

A Andorinha passou por cima do rio e viu as lanternas dependuradas nos mastros dos navios. Passou por cima do gueto e avistou os velhos judeus negociando entre si e pesando as moedas em balanças de cobre. Por fim, chegou ao casebre e olhou para dentro. O garoto febril se agitava na cama, ao passo que a mãe tinha pegado no sono, de tão cansada que estava. Ela entrou saltitando pela janela e colocou o enorme rubi na mesa, ao lado do dedal da mulher. Então, voou graciosamente ao redor da cama, abanando a testa do menino com suas asas.

– Como me sinto refrescado – disse o garoto. – Devo estar melhorando.

E caiu em um sono delicioso. Então, a Andorinha retornou ao Príncipe Feliz e contou a ele o que tinha feito.

– É curioso – comentou ela –, mas me sinto bastante aquecida agora, embora esteja muito frio.

– É porque você fez uma boa ação – afirmou o Príncipe.

A pequena Andorinha começou a pensar, e então adormeceu. Pensar sempre a deixava sonolenta.

Quando o dia raiou, ela voou até o rio para se banhar.

– Que fenômeno extraordinário – dizia o professor de Ornitologia, que estava atravessando a ponte. – Uma Andorinha no inverno!

E escreveu uma longa carta sobre o assunto ao jornal local. Todos comentaram o artigo, mas era tão cheio de palavras que não compreendiam.

– Esta noite, irei para o Egito – exclamou a Andorinha, animada com a perspectiva.

Ela visitou todos os monumentos públicos da cidade e permaneceu sentada no topo do campanário da igreja por um bom tempo. Em todos os lugares por onde passou, os pardais chilreavam e comentavam:

– Que estrangeira mais distinta!

E ela se regozijou.

Quando a Lua surgiu, ela voou novamente até o Príncipe Feliz.

– Tem alguma encomenda para o Egito? – perguntou ela. – Estou de partida.

– Andorinha, Andorinha, pequena Andorinha – disse o Príncipe –, você não ficaria comigo por mais uma noite?

– Sou aguardada no Egito – reiterou a Andorinha. – Amanhã, minhas amigas irão para a Segunda Catarata. Lá, os hipopótamos se deitam em meio aos juncos, e, sentado em um grande trono de granito, encontra-se o deus Mêmnon. Durante toda a noite, ele observa as estrelas e, quando a grande estrela da manhã emerge, ele dá um único grito de alegria, e então silencia novamente. Ao meio-dia, os leões amarelos descem até o rio para tomar água. Seus olhos são como berilos verdes, e seu rugido é mais alto que o da catarata.

– Andorinha, Andorinha, pequena Andorinha – disse o Príncipe –, lá do outro lado da cidade, avisto um jovem em uma água-furtada[1]. Ele está debruçado sobre uma mesa abarrotada de papéis, com um vaso de violetas murchas a seu lado. Seus cabelos são castanhos e crespos, e seus lábios, vermelhos como romã, e ele tem olhos grandes e sonhadores. Ele está tentando terminar uma peça para o Diretor do

[1] Também conhecida por calha. (N.E.)

Teatro, mas sente frio demais para continuar escrevendo, não há fogo na lareira, e ele está fraco de fome.

– Eu ficarei com você mais uma noite – aquiesceu a Andorinha, que realmente tinha um bom coração. – Devo levar outro rubi para ele?

– Infelizmente, não tenho mais rubis – respondeu o Príncipe. – Meus olhos são tudo o que tenho. São feitos de safiras raras, que foram trazidas da Índia mil anos atrás. Arranque uma delas e leve para ele. Ele a venderá para o joalheiro e poderá comprar comida e lenha, e terminará a peça.

– Caro Príncipe – respondeu a Andorinha –, não posso fazer isso!

E se pôs a chorar.

– Andorinha, Andorinha, pequena Andorinha – disse o Príncipe –, faça o que mandei.

Então, a Andorinha arrancou um olho do Príncipe e voou para longe, até a água-furtada do estudante. Foi bastante fácil entrar, visto que havia um buraco no telhado, e pela abertura ela se infiltrou no quarto. O jovem estava com a cabeça enterrada nas mãos e, por isso, não ouviu as asas do pássaro bater. Quando ergueu os olhos, encontrou a bela safira em meio às violetas murchas.

– Estou começando a ser apreciado – exclamou ele. – Este é um presente de algum grande admirador. Agora, posso terminar minha peça.

Ele parecia muito contente.

No dia seguinte, a Andorinha desceu até o porto. Sentando--se no mastro de uma grande embarcação, observou os marinheiros tirando grandes baús do porão com cordas.

– Upa! – gritavam eles toda vez que um baú era içado.

– Estou indo para o Egito – gritou a Andorinha, mas ninguém se importou, e, quando a Lua surgiu, ela retornou ao Príncipe Feliz.

– Vim lhe dar adeus – anunciou ela.

– Andorinha, Andorinha, pequena Andorinha – disse o Príncipe –, você não ficaria comigo por mais uma noite?

– Já é inverno – ponderou a Andorinha –, e a neve gelada em breve chegará. No Egito, o Sol é quente nas palmeiras verdejantes, e os crocodilos se deitam preguiçosamente na lama. Minhas companheiras estão construindo um ninho no Templo de Balbeque, e as pombas rosadas e brancas as estão observando e arrulhando umas para as outras. Caro Príncipe, preciso deixá-lo, mas jamais me esquecerei de você e, na próxima primavera, eu lhe trarei duas belas gemas para substituir as que você doou. O rubi será mais vermelho que uma rosa vermelha, e a safira será tão azul quanto o oceano.

– Lá embaixo, na praça – contou o Príncipe –, há uma garotinha vendedora de fósforos. Ela deixou os fósforos cair na sarjeta, e agora estão todos estragados. O pai a surrará se ela não levar algum dinheiro para casa e, por causa disso, está

chorando. Ela não tem sapatos nem meias, e sua cabecinha está desprotegida. Arranque meu outro olho e leve para ela, para que o pai dela não a surre.

– Eu ficarei mais uma noite com você – prometeu a Andorinha –, mas não posso arrancar seu outro olho. Você ficaria totalmente cego se eu o fizesse.

– Andorinha, Andorinha, pequena Andorinha – disse o Príncipe –, faça o que mandei.

Então, a ave arrancou o outro olho do Príncipe e voou na direção da praça. Ela passou pela vendedora de fósforos e soltou a gema na palma de sua mão.

– Que lindo pedacinho de vidro! – exclamou a menininha, e correu para casa, rindo.

Então, a Andorinha voltou até o Príncipe.

– Você está cego agora – disse ela –, então ficarei para sempre com você.

– Não, pequena Andorinha – respondeu o pobre Príncipe. – Você precisa ir para o Egito.

– Eu ficarei para sempre com você – repetiu ela, e dormiu aos pés do Príncipe.

Durante todo o dia seguinte, ela permaneceu sentada no ombro do Príncipe e lhe contou histórias do que havia visto em terras estrangeiras. Contou a ele sobre os guarás vermelhos, que formavam longas filas nas margens do Nilo e capturavam peixes dourados com os bicos; sobre a Esfinge, que era tão antiga quanto o próprio mundo e vive no deserto e sabe de tudo; sobre os comerciantes, que caminham ao lado de seus camelos e levam contas de âmbar nas mãos; sobre o Rei das Montanhas da Lua, que é preto como ébano e venera um cristal enorme; sobre a grande serpente verde, que dorme em uma palmeira e tem vinte sacerdotes que a alimentam com bolos de mel; e sobre os pigmeus, que velejam por um lago imenso em folhas largas e planas e estão sempre em guerra com as borboletas.

– Minha querida Andorinha – disse o Príncipe –, você me conta coisas maravilhosas, porém mais maravilhoso que tudo isso é o sofrimento dos homens e das mulheres. Não há mistério maior que a miséria. Sobrevoe minha cidade, pequena Andorinha, e conte-me o que vê.

Então, a Andorinha sobrevoou a grande cidade e viu os ricos divertindo-se em suas lindas casas, ao passo que os mendigos se apinhavam em seus portões. Ela entrou em ruelas sombrias e viu os rostos pálidos de crianças passando fome, observando, com olhos indiferentes, as ruas escuras. Sob o arco de uma ponte, dois garotinhos estavam deitados abraçados um ao outro para tentar espantar o frio.

– Estamos com tanta fome! – disseram eles.

– Vocês não podem se deitar aí – gritara o guarda, e eles se afastaram sob a chuva.

Ela retornou, então, e contou ao Príncipe o que havia visto.

– Meu corpo é revestido de folhas de ouro – disse o Príncipe. – Você precisa arrancá-las, uma a uma, e dar aos pobres. Os vivos sempre pensam que o ouro pode trazer a felicidade.

Folha após folha, a Andorinha foi arrancando, até o Príncipe Feliz ficar com uma aparência opaca e cinzenta. Folha após folha, ela distribuiu o ouro aos pobres, e os rostos das crianças ficaram mais corados, e elas riam e brincavam nas ruas.

– Agora temos pão! – exclamavam.

Então, chegou a neve e, depois dela, a geada. As ruas pareciam ter sido feitas de prata, de tão reluzentes e cintilantes; longos pingentes de gelo, como adagas de cristal, pendiam do beiral das casas; todos circulavam envoltos em peles, e as crianças usavam gorros vermelhos e deslizavam pelo gelo.

A pobre Andorinha sentia cada vez mais frio, mas se recusava a deixar o Príncipe, tamanho era seu amor por ele. Catava migalhas do lado de fora da porta do padeiro quando ele não estava olhando e tentava manter-se aquecida batendo as asas.

Por fim, ela soube que iria morrer e mal teve forças para voar até o ombro do Príncipe uma última vez.

– Adeus, querido Príncipe – murmurou ela. – Permite que eu beije sua mão uma última vez?

– Fico contente que finalmente vá para o Egito – respondeu ele. – Você permaneceu aqui tempo demais, mas deve beijar-me os lábios, pois eu a amo.

– Não é para o Egito que vou – esclareceu a Andorinha. – Vou para o Lar da Morte. A Morte é irmã do Sono, não é?

E ela beijou os lábios do Príncipe e caiu morta aos pés dele.

Naquele momento, um ruído curioso estalou dentro da estátua, como se algo tivesse se quebrado. O coração de chumbo havia se partido em dois. Certamente, fazia muito frio.

Cedo, na manhã seguinte, o Prefeito estava caminhando pela praça da cidade, na companhia de seus conselheiros. Ao passarem pela coluna, eles olharam para a estátua.

– Minha nossa! Que aparência horrorosa a do Príncipe! – exclamou ele.

– Realmente horrorosa! – disseram os conselheiros da cidade, que sempre concordavam com o Prefeito, e eles subiram para examiná-la.

– O rubi caiu da espada, os olhos se foram, e o ouro desapareceu – observou o Prefeito. – Para falar a verdade, parece-se mais com um mendigo!

– Parece-se mais com um mendigo – repetiram os conselheiros.

– E há até um pássaro morto aos pés dele! – continuou o Prefeito. – Realmente, precisamos emitir uma declaração de que pássaros não têm permissão para morrer aqui.

Os conselheiros anotaram a sugestão.

Assim, eles removeram a estátua do Príncipe Feliz do pedestal.

– Como ele não é mais belo, não é mais útil – ponderou o professor de Arte da universidade.

Então, eles fundiram a estátua em uma fornalha, e o Prefeito convocou uma reunião da Administração para decidir o que seria feito com o metal.

– Devemos fazer outra estátua, é claro – afirmou ele. – E será uma estátua minha.

– Não, minha! – protestaram todos os conselheiros da cidade e começaram a discutir. A última notícia que tive é de que ainda estão discutindo.

– Que estranho – disse o supervisor da fundição. – Este coração de chumbo partido não derrete na fornalha, então precisamos jogar fora.

Eles o jogaram em um monte de lixo, onde a Andorinha morta também havia sido despejada.

– Traga-me as duas coisas mais importantes da cidade – disse Deus a um de seus Anjos, e o Anjo lhe levou o coração de chumbo e o pássaro morto.

– Sua escolha foi acertada – disse Deus –, pois no meu jardim, no Paraíso, este pássaro cantará para sempre, e, em minha cidade de ouro, o Príncipe Feliz me louvará.

O Rouxinol e a Rosa

— Ela disse que dançaria comigo se eu lhe trouxesse rosas vermelhas – lamentou o jovem Estudante –, mas não existe uma única rosa vermelha no meu jardim.

De seu ninho na Azinheira, o Rouxinol o ouviu, olhou por entre as folhagens e ficou pensando.

– Nem uma única rosa vermelha em todo o meu jardim! – repetiu o Estudante. – Oh, como a felicidade depende das pequenas coisas! Já li tudo que os sábios escreveram e detenho todos os segredos da Filosofia, mas é por falta de uma rosa vermelha que minha vida foi desgraçada.

– Aí está, por fim, um verdadeiro enamorado – observou o Rouxinol. – Noite após noite, cantei canções sobre ele, embora não o conhecesse; noite após noite, contei sua história às estrelas, e agora ele está diante de mim. Seus cabelos são escuros como a flor do jacinto, e seus lábios são vermelhos como a rosa que deseja, mas a paixão deixou seu rosto pálido como o marfim, e o pesar está estampado em sua fronte.

– O Príncipe dará um baile amanhã à noite – murmurou o jovem Estudante –, e meu amor estará presente. Se eu lhe levar uma rosa vermelha, ela dançará comigo até o amanhecer. Se eu lhe levar uma rosa vermelha, hei de tê-la em meus braços, ela repousará a cabeça em meu ombro, e eu apertarei sua mão na minha. Porém, não há rosas vermelhas em meu jardim, então permanecerei sozinho, e ela não me notará. Não prestará atenção em mim, e meu coração se partirá.

– Aí está, de fato, o verdadeiro enamorado – afirmou o Rouxinol. – Aquilo que me faz cantar, a ele causa sofrimento, então o que é alegria para mim, para ele é dor. Certamente, o Amor é algo maravilhoso, é mais precioso que esmeraldas e mais refinado que opalas. Pérolas e granadas não podem comprá-lo, e ele não está à disposição nos mercados. Não pode ser adquirido com os comerciantes nem pesado em balanças para ser trocado por ouro.

– Os músicos estarão em seu balcão – continuou o jovem Estudante – e tocarão seus instrumentos de corda, e meu amor dançará ao som da harpa e do violino. Ela dançará com tanta leveza que seus pés não tocarão o chão, e os cortesãos, em seus trajes festivos, a rodearão, mas comigo ela não dançará, pois não tenho uma rosa vermelha para lhe dar.

E ele se jogou na grama, enterrou o rosto nas mãos e se pôs a chorar.

– Por que ele está chorando? – quis saber uma pequena Lagartixa verde, enquanto passava pelo jovem com seu rabo eriçado.

– Por quê, afinal? – indagou a Borboleta, que esvoaçava como um raio de sol.

– Sim, por quê? – sussurrou uma Margarida para seu vizinho em um tom baixo e delicado.

– Ele está chorando por uma rosa vermelha – explicou o Rouxinol.

– Por uma rosa vermelha? – exclamaram todos. – Ora, que ridículo!

E a pequena Lagartixa, que era um tanto cínica, caiu na gargalhada. Mas o Rouxinol, que compreendia o segredo da tristeza do Estudante, permaneceu sentado em silêncio na árvore, pensando no mistério do Amor.

Subitamente, o pássaro abriu as asas marrons para alçar voo e arremeteu pelos ares, depois atravessou o bosque como uma sombra, e como uma sombra cruzou o jardim. No centro do gramado, havia uma linda Roseira, e, quando o Rouxinol a avistou, voou até ela e pousou em um ramo.

– Dê-me uma rosa vermelha – pediu ele –, e eu lhe cantarei minha mais bela canção.

A Roseira meneou a cabeça.

– Minhas rosas são brancas – respondeu ela –, tão brancas como a espuma das ondas do mar e mais brancas que a neve das montanhas. Mas procure minha irmã, que cresce próximo ao antigo relógio solar, e talvez ela lhe dê o que você quer.

Então, o Rouxinol voou até a Roseira que crescia perto do antigo relógio solar.

– Dê-me uma rosa vermelha – pediu ele –, e eu lhe cantarei minha mais bela canção.

A Roseira meneou a cabeça.

– Minhas rosas são amarelas – respondeu ela –, tão amarelas como os cabelos da sereia que ocupa o trono de âmbar e mais amarelas que os narcisos que florescem no prado antes de o ceifador aparecer com sua foice. Mas procure minha irmã que cresce debaixo da janela do Estudante, e talvez ela lhe dê o que você quer.

Então, o Rouxinol voou até a Roseira que crescia debaixo da janela do Estudante.

– Dê-me uma rosa vermelha – pediu ele –, e eu lhe cantarei minha mais bela canção.

A Roseira meneou a cabeça.

– Minhas rosas são vermelhas – respondeu ela –, tão vermelhas como os pés do pombo e mais vermelhas que os grandes recifes de coral que oscilam sem parar na caverna do oceano. Mas o inverno congelou minhas veias, a geada queimou meus botões, a tempestade quebrou meus galhos, e não poderei dar rosa alguma neste ano.

– Uma única rosa vermelha, é tudo o que quero – insistiu o Rouxinol. – Uma única rosa vermelha! Não há forma de consegui-la?

– Há uma forma – respondeu a Roseira –, mas é tão terrível que não ouso contar.

– Conte-me – pediu o Rouxinol. – Não tenho medo.

– Se você quer uma rosa vermelha – disse a Roseira –, precisa dar vida a ela a partir da música sob o luar e colori-la com o sangue de seu próprio coração. Você deve cantar para mim com seu peito encostado em um espinho. Deve cantar durante toda a noite, e o espinho deve perfurar seu coração, e todo o seu sangue deve inundar minhas veias e transformar-se no meu sangue.

– A morte é um preço alto a se pagar por uma rosa vermelha – ponderou o Rouxinol –, e a vida é muito valiosa para todos. É agradável observar, do bosque verdejante, o Sol em sua carruagem dourada e a Lua em sua carruagem de pérolas. Doce é o aroma do pilriteiro, encantadoras são as campânulas que se escondem no vale e as urzes que tremulam na colina. No entanto, o Amor é melhor que a Vida, e o que é o coração de um pássaro em comparação ao coração de um homem?

Então, ele abriu as asas marrons para alçar voo e arremeteu pelos ares. Atravessou o bosque como uma sombra e, como uma sombra, cruzou o jardim.

O jovem Estudante ainda estava deitado na grama, onde o Rouxinol o havia deixado, e as lágrimas de seus belos olhos ainda não tinham secado.

– Alegre-se – gritou o Rouxinol –, alegre-se, você terá sua rosa vermelha. Eu darei vida a ela através da música, sob o luar, e a colorirei com o sangue de meu próprio coração. Tudo que peço em troca é que você seja um verdadeiro enamorado, pois o Amor é mais sábio que a Filosofia, embora ela seja sábia, e mais grandioso que o Poder, embora ele seja grandioso. Suas asas têm a cor do fogo, e a cor do fogo se espalha por seu corpo. Seus lábios são doces como o mel, e seu hálito é como olíbano.

O Estudante ergueu os olhos e ouviu, mas não conseguiu entender o que o Rouxinol lhe dizia, pois compreendia apenas as coisas que estavam escritas em livros.

A Azinheira entendeu e se entristeceu, pois era muito afeiçoada ao Rouxinol que havia montado o ninho em seus galhos.

– Cante uma última canção para mim – pediu ela. – Ficarei muito só quando você se for.

Então, o Rouxinol cantou para a Azinheira, e sua voz era como a água jorrando de um jarro de prata. Quando

terminou sua canção, o Estudante levantou-se e tirou um caderno e um lápis do bolso.

– Tem classe – disse para si mesmo, enquanto atravessava o gramado –, isso não se pode negar. Mas será que tem sentimento? Receio que não. Na verdade, é como a maioria dos artistas: resume-se ao estilo, sem nenhuma sinceridade. Não se sacrificaria pelos outros, pensa unicamente em música, e todos sabem que os artistas são egoístas. De todo modo, deve-se admitir que tem belas notas em sua voz. É uma pena que não signifiquem nada ou que não possam fazer nada de prático.

E então entrou em seu quarto, deitou-se em sua pequena cama e começou a pensar em seu amor. Após um tempo, adormeceu.

Quando a Lua brilhou nos céus, o Rouxinol voou até a Roseira e posicionou o peito contra o espinho. Durante toda a noite, ele cantou com o peito pressionado contra o espinho, e a gélida Lua de cristal abaixou-se para ouvir. Durante toda a noite, ele cantou, e o espinho penetrou cada vez mais fundo em seu peito, e seu sangue se esvaiu de seu corpo.

Primeiro, ele cantou o nascimento do amor no coração de um garoto e de uma garota. E, no ramo mais alto da Roseira, floresceu uma rosa deslumbrante, pétala após pétala, assim como uma canção se seguia à outra. Era clara, no início, como a névoa que paira sobre o leito do rio pela manhã, e prateada como as asas do crepúsculo. Como a sombra de uma rosa em um espelho de prata, como a sombra de uma rosa em um espelho d'água, assim era a Rosa que brotava no ramo mais alto da Roseira.

A Roseira ordenou que o Rouxinol pressionasse o peito com mais força contra o espinho.

– Pressione com mais força, pequeno Rouxinol – gritou a Roseira –, ou o dia raiará antes que a Rosa esteja pronta.

Então, o Rouxinol pressionou o peito com mais força contra o espinho e cantou cada vez mais alto, pois entoava o nascimento da paixão na alma de um homem e de uma donzela. Um toque róseo delicado surgiu nas pétalas da Rosa, como o rubor no semblante do noivo quando ele beija os lábios de sua noiva. Mas o espinho ainda não tinha perfurado seu coração, então o coração da Rosa permaneceu branco, pois apenas o sangue do coração de um Rouxinol pode tingir o coração de uma rosa.

E a Roseira ordenou que o Rouxinol pressionasse o peito com mais força contra o espinho.

– Pressione com mais força, pequeno Rouxinol – gritou a Roseira –, ou o dia raiará antes que a Rosa esteja pronta.

Então, o Rouxinol pressionou o peito com mais força contra o espinho, que perfurou seu coração, e uma pontada feroz de dor espalhou-se por seu corpinho. Era uma dor terrível,

terrível, e a canção ficou cada vez mais enlouquecida, pois ele cantava sobre o Amor que era engrandecido pela Morte, sobre o Amor que não morre no túmulo.

E a maravilhosa Rosa tornou-se rubra, como a rosa do céu do Oriente. Rubra era sua saia de pétalas, e rubro como um rubi era seu coração. Porém, a voz do Rouxinol ficou ainda mais debilitada, suas pequenas asas começaram a bater, e um filme passou diante de seus olhos. Cada vez mais fraca ficou a canção, e ele sentiu algo sufocar sua garganta.

Então, explodiu dele uma derradeira erupção de música. A Lua branca o ouviu e esqueceu-se do amanhecer, permanecendo no céu. A Rosa vermelha também ouviu, e estremeceu toda de êxtase, abrindo as pétalas em meio ao ar gelado da manhã. O eco arrastou-a para a caverna arroxeada nas colinas e despertou os pastores adormecidos de seus sonhos. Flutuou até os juncos dos rios, que levaram a mensagem até o mar.

– Veja! Veja! – gritou a Roseira. – A Rosa está pronta!

Mas o Rouxinol não respondeu, pois agora jazia morto na grama alta, com o espinho em seu coração. Ao meio-dia, o Estudante abriu a janela e olhou para fora.

– Ora, ora, que sorte a minha! – exclamou ele. – Aqui está uma rosa vermelha! Nunca vi uma rosa como esta em toda a minha vida. É tão linda que tenho certeza de que tem um longo nome em latim.

E debruçou-se sobre a janela para arrancá-la.

Então, ele colocou o chapéu e correu até a casa do Professor com a Rosa na mão. A filha do Professor estava sentada à porta, enrolando um fio de seda azul em um carretel, com seu cachorrinho deitado a seus pés.

– Você disse que dançaria comigo se eu lhe trouxesse uma rosa vermelha – lembrou o Estudante. – Aqui está a rosa mais vermelha de todo o mundo. Você a usará esta noite perto de seu coração, e, enquanto estivermos dançando juntos, ela lhe contará o quanto eu a amo.

Mas a garota franziu o cenho.

– Receio que não combine com meu vestido – respondeu ela. – Além disso, o sobrinho do tesoureiro me mandou algumas joias de verdade, e todos sabem que joias custam muito mais que flores.

– Ora essa, você é mesmo muito ingrata! – ralhou o Estudante, jogando a Rosa na rua. A flor caiu na sarjeta, e uma carroça passou por cima dela.

– Ingrata!? – repetiu a garota. – Vou lhe dizer uma coisa: você é muito rude e, afinal de contas, quem é você? Apenas um estudante. Ora, imagino que nem sequer tenha fivelas de prata em seus sapatos, como o sobrinho do tesoureiro.

E ela se levantou da cadeira e entrou na casa.

– Que coisa tola é o Amor – disse o Estudante enquanto voltava para casa. – Não é útil, como a Lógica, pois não prova nada, vive nos dizendo coisas que não acontecerão e nos fazendo acreditar em coisas que não são verdadeiras. Na verdade, não é nem um pouco prático, e, como nesses nossos tempos ser prático é essencial, voltarei à Filosofia e a estudar Metafísica.

Então, ele retornou para seu quarto, pegou um livro grosso e empoeirado e começou a ler.

Coleção Segredos da Mente Milionária

A CIÊNCIA DA PROSPERIDADE

WALLACE D. WATTLES

Coleção Segredos da Mente Milionária

A CIÊNCIA DA PROSPERIDADE

Tradução Debora Isisdoro

Esta é uma publicação Principis, selo exclusivo da Ciranda Cultural

Traduzido do original em inglês
The science of being great

Texto
Wallace D. Wattles

Editora
Michele de Souza Barbosa

Tradução
Debora Isidoro

Preparação
Walter Sagardoy

Revisão
Fernanda R. Braga Simon

Produção editorial
Ciranda Cultural

Diagramação
Linea Editora

Design de capa
Ana Dobón

Dados Internacionais de Catalogação na Publicação (CIP) de acordo com ISBD

W347c Wattles, Wallace D.

A ciência da prosperidade / Wallace D. Wattles ; traduzido por Débora Isidoro. - Jandira, SP : Principis, 2023.
96 p. ; 15,50cm x 26,50cm. - (Segredos da mente milionária).

Título original: The science of being great
ISBN: 978-65-5552-798-8

1. Autoajuda. 2. Autoconhecimento. 3. Poder mental. 4. Desenvolvimento pessoal. 5. Literatura americana. 6. Reflexão. I. Isidoro, Débora. II. Título. III. Série.

CDD 158.1
2022-0747 CDU 159.947

Elaborado por Lucio Feitosa - CRB-8/8803

Índice para catálogo sistemático:
1. Autoajuda : 158.1
2. Autoajuda : 159.947

1ª edição em 2023
www.cirandacultural.com.br

Sumário

Qualquer pessoa pode ser grande

Existe um Princípio de Poder em todas as pessoas. Pelo uso e direcionamento inteligentes desse princípio, o homem pode desenvolver as próprias faculdades mentais. O homem tem um poder inerente pelo qual pode crescer na direção que quiser, e não parece haver limites para as possibilidades de seu crescimento. Nenhum homem jamais se tornou tão grande em alguma faculdade que seja impossível para outro homem se tornar maior. A possibilidade está na substância original de que o homem é feito. Genialidade é a Onisciência fluindo para o homem.

Genialidade é mais que talento. Talento pode ser apenas uma faculdade desenvolvida de maneira desproporcional em relação às outras, mas genialidade é a união de homem e Deus nos atos da alma. Grandes homens são sempre maiores que seus atos. Estão conectados a uma reserva de poder que não tem limite. Não sabemos onde está a fronteira dos poderes mentais do homem; não sabemos nem se existe uma fronteira.

O poder do crescimento consciente não é dado aos animais inferiores; só ao homem, e pode ser desenvolvido e aumentado por ele. Os animais inferiores podem, em grande medida, ser treinados e desenvolvidos pelo homem; mas o homem pode treinar-se e desenvolver-se. Só ele tem esse poder, e o tem em uma medida aparentemente ilimitada.

O propósito de vida do homem é crescimento, como o propósito de vida para árvores e plantas é crescimento. Árvores e plantas crescem automaticamente e ao longo de linhas determinadas; o homem pode crescer como quiser. Árvores e plantas só podem desenvolver certas possibilidades e características; o homem pode desenvolver qualquer poder que seja ou tenha sido exibido por qualquer pessoa, em qualquer lugar. Nada que é possível em espírito é impossível em carne e sangue. Nada que o homem pode pensar é impossível na ação. Nada que o homem pode imaginar é impossível de realizar.

O homem é formado para o crescimento e tem a necessidade de crescer.

É essencial para sua felicidade que ele avance de maneira o mais contínua possível.

A vida sem progresso se torna insuportável, e a pessoa que para de crescer acaba se tornando imbecil ou insana. Quanto maior, mais harmonioso e bem-acabado seu crescimento, mais feliz o homem vai ser.

Não existe possibilidade em nenhum homem que não esteja em todos os homens; mas, se seguem em frente naturalmente, dois homens não se tornarão a mesma coisa ou serão parecidos.

Cada homem chega ao mundo com uma predisposição para crescer ao longo de determinadas linhas, e o crescimento é mais fácil para ele ao longo dessas linhas do que de quaisquer outras. Essa é uma provisão sábia, porque confere infinita variedade. É como se um jardineiro jogasse todos os botões de flor em um cesto; para o observador superficial, eles seriam parecidos, mas o crescimento revela uma diferença tremenda. Homens e mulheres são como um cesto de botões de flor. Um pode ser uma rosa e levar vida e cor para algum canto escuro do mundo; outro pode ser um lírio e ensinar uma lição de amor e pureza a todos os olhos que veem; um pode ser uma trepadeira e esconder os contornos embrutecidos de alguma pedra escura; outro pode ser um grande carvalho em cujos galhos pássaros fazem ninho e cantam, e em cuja sombra os rebanhos descansam ao meio-dia, mas cada um será alguma coisa valiosa, rara e perfeita.

Existem possibilidades jamais sonhadas nas vidas comuns à nossa volta de maneira geral; não existem pessoas "comuns". Em tempos de estresse e perigo nacional, o vagabundo do bar da esquina e o bêbado do vilarejo se tornam heróis e estadistas por meio da aceleração do Princípio de Poder dentro deles. Há um gênio em cada homem e mulher, esperando ser trazido à tona. Cada vilarejo tem seu grande homem ou mulher; alguém a quem todos pedem conselhos em tempos difíceis; alguém que é instintivamente reconhecido por ter grande sabedoria e discernimento. A esses os pensamentos de toda a comunidade se voltam em tempos de crise local; ele é tacitamente reconhecido como grande. Faz pequenas coisas de um jeito grandioso. Também poderia fazer coisas grandes se quisesse; qualquer homem pode; você pode. O Princípio de Poder nos dá exatamente o que pedimos a ele; se nos dispomos a fazer apenas pequenas coisas, ele só nos dá poder para pequenas coisas; mas, se tentamos fazer grandes coisas de um jeito grandioso, ele nos dá todo o poder que existe.

Mas cuidado ao se dispor a fazer coisas grandiosas de um jeito pequeno: falaremos sobre isso mais adiante.

Há duas atitudes mentais que um homem pode assumir. Uma o faz parecer uma bola de futebol. Tem resiliência e reage com intensidade quando submetido à força aplicada, mas não origina nada; nunca age por conta própria. Não há poder dentro dele. Homens desse tipo são controlados por circunstâncias e ambiente, seu destino é decidido por coisas externas a ele. O Princípio de Poder dentro dele nunca é ativo de fato. Eles nunca falam ou agem por motivação interna. A outra atitude faz o homem parecer uma fonte fluindo. O poder surge do centro dele. Ele tem dentro de si uma nascente de água jorrando vida perene, irradia força; ele é sentido por seu ambiente. O Princípio de Poder nele está em ação constante. Ele age por si mesmo. "Ele tem vida em si mesmo."

Não pode ocorrer bem maior a nenhum homem ou mulher do que se tornar capaz de ação por iniciativa própria. Todas as experiências da vida são criadas pela Providência para forçar homens e mulheres a agir por eles mesmos; induzi-los a deixar de ser criaturas de circunstâncias e dominar seu ambiente. Em seu estágio mais baixo, o homem é filho do acaso e da circunstância e escravo do medo. Todos os seus atos são reações resultantes de forças do ambiente que se impõem a ele. Sua ação só acontece em resposta a uma ação que ele sofre; ele não provoca nada. Mas o mais baixo selvagem tem dentro dele um Princípio de Poder suficiente para dominar tudo de que tem medo; e, se descobre isso e passa a agir por iniciativa própria, ele se equipara a um dos deuses.

O despertar do Princípio de Poder no homem é a verdadeira conversão, a passagem da morte para a vida. Quando ouve a voz do Filho do Homem, o morto se apresenta e vive. Essa é a ressurreição e a vida. Quando é despertado, o homem se torna um filho do Altíssimo, e todo o poder é dado a ele no céu e na terra.

Nada jamais existiu em nenhum homem que não exista em você; nenhum homem jamais teve mais poder espiritual ou mental do que você pode alcançar, ou fez coisas maiores do que você pode fazer. Você pode tornar-se o que quer ser.

Hereditariedade e oportunidade

A hereditariedade não o impede de alcançar grandiosidade. Não importa quem ou o que foram seus ancestrais, quanto eram ignorantes ou quanto era inferior a posição que ocupavam, o caminho para cima está aberto para você. Não existe essa coisa de herdar uma posição mental fixa; por menor que seja o capital mental que recebemos de nossos pais, ele pode ser aumentado; nenhum homem nasce incapaz de crescer.

Hereditariedade não interfere em nada. Nascemos com tendências mentais subconscientes – por exemplo, uma tendência para melancolia, ou covardia, ou para o mau humor; mas todas essas tendências subconscientes podem ser superadas. Quando o homem real desperta e avança, pode livrar-se delas com muita facilidade. Nada disso precisa manter sua inferioridade; se você herdou tendências mentais indesejáveis, pode eliminá-las e instalar tendências desejáveis no lugar delas. Uma característica mental herdada é um hábito de pensamento do pai ou da mãe impresso em sua mente subconsciente; você pode substituí-la pela impressão oposta, formando o hábito de pensamento oposto. Pode substituir por um hábito de alegria uma propensão ao desânimo; pode superar covardia ou mau humor.

Hereditariedade pode ter algum significado em uma conformação hereditária do crânio. Tem alguma coisa de real na frenologia, embora não tanto quanto afirmam seus expoentes; é verdade que as diferentes faculdades se localizam no cérebro, e que a força de uma faculdade depende do número de células do cérebro em sua área. Uma faculdade cuja área do cérebro é grande vai atuar com mais poder, provavelmente, do que outra cuja seção craniana é pequena; daí pessoas com certas conformações do crânio mostrarem talento como músicos, oradores, mecânicos, e assim por diante. A partir disso, foi dito que a formação craniana de um homem deve, em grande medida, decidir sua posição na vida, mas isso é um erro. Descobriu-se que uma pequena seção do cérebro, com muitas células boas e ativas, confere uma expressão à faculdade tão boa quanto a de um cérebro maior com células mais rústicas; e descobriu-se que, acionando-se o Princípio de Poder em qualquer seção do cérebro com vontade e propósito para desenvolver um talento particular, as células do cérebro podem ser multiplicadas indefinidamente. Qualquer faculdade, poder ou talento que você tenha, por mais rudimentar ou menor que seja, pode ser aumentado. Você pode multiplicar as células do cérebro nessa área em particular até ela agir com todo o poder que você deseja. É verdade que se pode agir com mais facilidade por meio das faculdades que são agora mais desenvolvidas; com o menor esforço, é possível fazer as coisas que "saem naturalmente". Mas também é verdade que, se você fizer o esforço necessário, poderá desenvolver qualquer talento. Você poderá fazer o que quiser e tornar-se o que quiser ser. Quando se concentra em um ideal e segue em frente conforme será orientado daqui para a frente, todo o poder de seu ser é direcionado para as faculdades necessárias à realização daquele ideal; mais sangue e força nervosa são dirigidos às seções correspondentes do cérebro, e as células são aceleradas, aumentadas e multiplicadas em número. O uso apropriado da mente do homem vai construir um cérebro capaz de fazer o que a mente quer fazer.

O cérebro não faz o homem; o homem faz o cérebro.

Seu lugar na vida não é determinado por hereditariedade.

Você também não é condenado às posições mais baixas por circunstâncias ou falta de oportunidade. O Princípio de Poder no homem é suficiente para todos os requisitos de sua alma. Nenhuma possível combinação de circunstâncias poderá mantê-lo em posições inferiores se ele tomar a atitude pessoal certa e tiver a determinação de progredir. O poder que formou o homem e o criou para o crescimento também controla as circunstâncias de sociedade, indústria e governo; e esse poder nunca é voltado contra ele mesmo. O poder está em você e nas coisas à sua volta, e, quando você começa a avançar, as coisas se arranjam em seu benefício, como será descrito em capítulos posteriores deste livro.

O homem foi formado para crescer, e todas as coisas externas foram projetadas para promover seu crescimento. Assim que um homem desperta sua alma e entra no caminho do progresso, descobre que não só Deus é por ele, mas natureza, sociedade e seus semelhantes também são por ele; e todas as coisas trabalham juntas para seu bem, se ele obedece à lei. Pobreza não é empecilho para a grandiosidade, porque pobreza sempre pode ser removida. Quando era criança, Martin Luther cantava nas ruas por pão. Lineu, o naturalista, teve apenas quarenta dólares para pagar seus estudos; remendava os próprios sapatos e muitas vezes teve de pedir comida aos amigos. Hugh Miller, que foi aprendiz de pedreiro, começou a estudar geologia em uma pedreira. George Stephenson, inventor do motor da locomotiva e um dos maiores engenheiros civis, foi mineiro de carvão e trabalhava em uma mina quando despertou e começou a pensar. James Watt foi uma criança doente, não tinha força suficiente para frequentar a escola. Abraham Lincoln foi um menino pobre. Em cada um desses casos, vemos um Princípio de Poder no homem que o eleva sobre toda oposição e adversidade.

Existe um Princípio de Poder em você; se o usar e aplicar de uma certa maneira, você poderá superar toda hereditariedade e dominar todas as circunstâncias e condições e tornar-se uma grande e poderosa personalidade.

A fonte de poder

Cérebro, corpo, mente, faculdades e talentos do homem são só os instrumentos que ele usa para demonstrar grandiosidade; por si mesmos, não o fazem grande. Um homem pode ter um cérebro grande e uma mente boa, faculdades fortes e talentos brilhantes, mas não é um grande homem a menos que use tudo isso de um jeito grandioso. A qualidade que capacita o homem a usar suas habilidades de um jeito grandioso o faz grande, e a essa qualidade damos o nome de sabedoria. Sabedoria é a base essencial da grandeza.

Sabedoria é o poder de perceber os melhores fins a buscar e os melhores meios para chegar a esses fins. É o poder de perceber a coisa certa a fazer. O homem que é sábio o bastante para saber a coisa certa a fazer, que é bom o bastante para desejar fazer apenas a coisa certa e que é capaz e forte o suficiente para fazer a coisa certa é um homem verdadeiramente grande. Vai tornar-se instantaneamente marcado como uma personalidade de poder em qualquer comunidade, e os homens terão prazer em honrá-lo.

Sabedoria depende de conhecimento. Onde a ignorância é completa não pode haver sabedoria nem conhecimento sobre a coisa certa a ser feita. O conhecimento do homem é comparativamente limitado, e, assim, sua sabedoria deve ser pequena, a menos que ele conecte a mente a conhecimento maior que o dele e extraia, por inspiração, a sabedoria que suas limitações o impedem de ter. Isso ele pode fazer; isso é o que homens e mulheres realmente grandes têm feito. O conhecimento do homem é limitado e incerto; portanto, ele não pode ter sabedoria em si mesmo.

Só Deus conhece toda a verdade; portanto, só Deus pode ter verdadeira sabedoria ou saber a coisa certa a fazer o tempo todo, e o homem pode receber sabedoria de Deus. Vou dar um exemplo: Abraham Lincoln teve educação limitada, mas tinha o poder para perceber a verdade. Em Lincoln vemos claramente que sabedoria real consiste em saber a coisa certa a fazer o tempo todo e em quaisquer circunstâncias; em ter a vontade para fazer a coisa certa; e em ter talento e capacidade suficientes para ser competente e capaz de fazer a coisa certa. Nos tempos da agitação pela abolição, e durante o período de compromisso, quando todos os outros homens estavam mais ou menos confusos sobre o que era certo ou o que deveria ser feito, Lincoln nunca esteve em dúvida. Ele enxergava através dos argumentos superficiais dos homens pró-escravidão; ele também via a impraticabilidade e o fanatismo dos abolicionistas; via os fins certos a atingir e os melhores meios para chegar a esses fins. Foi por reconhecer que ele percebia a realidade e sabia a coisa certa a fazer que os homens o fizeram presidente. Qualquer homem que desenvolve o poder de perceber a verdade e pode demonstrar que sempre sabe qual é a coisa certa a fazer, e em quem se pode confiar para fazer a coisa certa, será respeitado e vai avançar; o mundo todo procura ansiosamente por esses homens.

Quando se tornou presidente, Lincoln era cercado por uma multidão de conselheiros supostamente capazes, dentre os quais raramente havia dois de acordo. Às vezes, todos eles se opunham a suas políticas; às vezes, quase todo o Norte se opunha ao que ele propunha fazer. Mas ele viu a verdade quando os outros foram enganados por aparências; seu julgamento raramente estava errado, ou nunca estava. Ele foi, ao mesmo tempo, o estadista mais capaz e o melhor soldado do período. De onde ele, um homem relativamente sem estudo, tirou essa sabedoria? Não foi de uma formação peculiar do crânio ou de uma textura refinada do cérebro. Não foi por causa de alguma característica física. Não foi nem uma qualidade mental decorrente de poder de raciocínio superior.

Processos de raciocínio muitas vezes não alcançam o conhecimento da realidade.

Foi de um insight espiritual. Ele percebeu a verdade, mas onde a percebeu e de onde veio a percepção? Vemos algo similar em Washington, cuja fé e coragem, devido à sua percepção de realidade, manteve as colônias trabalhando juntas durante o longo e muitas vezes aparentemente inútil esforço da Revolução. Vemos um pouco da mesma coisa no gênio fenomenal de Napoleão, que, em questões militares, sempre sabia os melhores meios a adotar. Vemos que a grandeza de Napoleão estava na natureza, não em Napoleão, e descobrimos por trás de Washington e Lincoln algo maior que Washington ou Lincoln. Vemos a mesma coisa em todos os grandes homens e mulheres. Eles percebem a verdade; mas a verdade não pode ser percebida até que exista; e não pode haver verdade até que haja uma mente para percebê-la. A verdade não existe afastada da mente. Washington e Lincoln estavam em contato e se comunicando com uma mente que sabia todo o conhecimento e continha toda a verdade. A mesma coisa acontece com todos os que manifestam sabedoria. Sabedoria é obtida pela leitura da mente de Deus.

A mente de Deus

Existe uma Inteligência Cósmica que está em todas as coisas e atravessa todas as coisas. Essa é a verdadeira substância. Dela procedem todas as coisas. É Substância Inteligente ou Estofo Mental. É Deus. Onde não há substância, não pode haver inteligência; porque onde não há substância, não há nada. Onde há pensamento, deve haver uma substância que pensa. Pensamento não pode ser uma função, porque função é movimento, e é inconcebível que mero movimento deva pensar. Pensamento não pode ser vibração, porque vibração é movimento, e que esse movimento seja inteligente é algo impensável. Movimento não é mais que a locomoção de substância; se há inteligência aparente, deve ser na substância, não no movimento. Pensamento não pode ser resultado de movimentos no cérebro; se o pensamento está no cérebro, ele deve estar na substância do cérebro, e não nos movimentos que a substância do cérebro faz.

Mas pensamento não está na substância do cérebro, porque substância do cérebro, sem vida, é isenta de inteligência e morta.

Pensamento está no princípio de vida que anima o cérebro, na substância do espírito, que é o homem verdadeiro. O cérebro não pensa; o homem pensa e expressa seu pensamento por meio do cérebro.

Existe uma substância do espírito que pensa. Como a substância do espírito do homem permeia seu corpo, e pensa e sabe no corpo, também a Substância do Espírito Original, Deus, permeia toda a natureza e pensa e sabe na natureza. A natureza é tão inteligente quanto o homem e sabe mais que o homem; a natureza sabe todas as coisas. A Mente de Tudo tem estado em contato com todas as coisas desde o início; e ela contém todo o conhecimento. A experiência do homem cobre poucas coisas, e essas coisas o homem conhece; mas a experiência de Deus cobre todas as coisas que aconteceram desde a criação, da destruição de um planeta ou da passagem de um cometa até a queda de um pardal. Tudo que há e tudo que houve está presente na Inteligência que nos envolve, engloba e pressiona por todos os lados.

Todas as enciclopédias que o homem escreveu são só coisas triviais, comparadas ao vasto conhecimento contido na mente em que os homens vivem, se movem e são.

As verdades que os homens percebem por inspiração são pensamentos contidos nessa mente. Se não fossem pensamentos, os homens não poderiam percebê-las, porque não existiriam; e não poderiam existir como pensamentos, a menos que haja uma mente onde existirem; e uma mente não pode ser mais que uma substância que pensa.

O homem é substância pensante, uma porção da Substância Cósmica; mas o homem é limitado, enquanto a Inteligência Cósmica de que ele brotou, que Jesus chama o Pai, é ilimitada. Toda inteligência, todo poder e força vêm do Pai. Jesus reconheceu isso e expressou com muita clareza. Muitas vezes ele atribuiu toda a sua sabedoria e seu poder a sua unidade com o Pai e ao fato de perceber os pensamentos de Deus. "Meu Pai e eu somos um."

Essa era a base de seu conhecimento e poder. Ele mostrou às pessoas a necessidade de tornar-se espiritualmente desperto; de ouvir sua voz e ser como ele. Comparou o homem que não pensa, que é presa e alvo de circunstâncias, ao homem morto em uma tumba, e implorou para ele ouvir e se apresentar.

"Deus é espírito", ele disse. "Nasça de novo, torne-se espiritualmente desperto, e poderá ver seu reino. Ouça minha voz; veja o que sou e o que faço, e apresente-se e viva."

"As palavras que falo são espírito e vida; aceite-as, e elas farão uma fonte de água jorrar dentro de você. Então haverá vida dentro de você."

"Eu faço o que vejo o Pai fazer", ele disse, sugerindo que lia os pensamentos de Deus. "O Pai mostra todas as coisas ao filho." "Se qualquer homem tem a vontade de fazer a vontade de Deus, ele saberá a verdade." "Meu ensinamento não é meu, mas Dele que me mandou." "Você saberá a verdade, e a verdade o libertará." "O espírito o guiará para toda a verdade."

Somos imersos na mente, e essa mente contém todo o conhecimento e toda a verdade. Pretende nos dar esse conhecimento, porque nosso Pai se alegra em dar bons presentes a seus filhos. Os profetas e videntes são grandes homens e mulheres, passado e presente, e foram engrandecidos pelo que receberam de Deus, não pelo que os homens ensinaram a eles. Esse reservatório infinito de sabedoria e poder está aberto; você pode beber dele como quiser, de acordo com suas necessidades. Pode fazer de si mesmo o que deseja ser; pode fazer o que quer fazer; pode ter o que quer. Para isso, precisa aprender a se tornar um só com o Pai, de forma que possa perceber a verdade; para que possa ter sabedoria e saber os fins certos a buscar e os meios certos a usar para chegar a esses fins, e para que possa obter poder e habilidade para usar os meios. Ao encerrar este capítulo, decida que agora vai deixar de lado todo o resto e concentrar-se em alcançar a unidade consciente com Deus.

> "Oh, quando estou seguro em meu lar
> no bosque, piso no orgulho de Grécia
> e Roma, e, quando me deito sob os
> pinheiros, onde as noites negras deixam
> brilhar o sagrado, rio do conhecimento
> e do orgulho do homem, das escolas
> sofistas e do clã educado, pois o que são
> todos em seu elevado conceito, quando o
> homem no campo pode Deus conhecer?"[1]

[1] Poema de Ralph Waldo Emerson ("Good-bye"), mantido em prosa, conforme original. (N.T.)

Preparação

"Peça nada a Deus, e ele nada lhe dará."

Se você se tornar como Deus, poderá ser Seus pensamentos; se não, vai descobrir que é impossível a percepção inspiracional da verdade.

Você nunca poderá tornar-se um grande homem ou mulher até superar ansiedade, preocupação e medo. É impossível uma pessoa ansiosa, preocupada ou medrosa perceber a verdade; todas as coisas são distorcidas e tiradas de suas relações apropriadas por esses estados mentais, e os que se encontram neles não podem ler os pensamentos de Deus.

Se você é pobre, ou se é ansioso em relação aos negócios ou às questões financeiras, recomenda-se que estude com atenção o primeiro volume da série *A ciência de ficar rico*. Ele vai apresentar uma solução para os seus problemas dessa natureza, por maiores ou mais complicados que pareçam ser. Não existe o menor motivo para preocupação com assuntos financeiros; toda pessoa que quiser poderá superar carência, ter tudo de que precisa e enriquecer. A mesma fonte que você se propõe a recorrer em busca de desenvolvimento mental e poder espiritual está ao seu dispor para suprir todas as suas necessidades materiais. Estude essa verdade até ela estar fixada em seus pensamentos e até a ansiedade ser banida da mente; entre no Caminho Certo, que leva a riquezas materiais.

Se você é ansioso ou preocupado com sua saúde, perceba que é possível alcançar saúde perfeita, de forma que possa ter força suficiente para tudo que deseja fazer e mais. Essa Inteligência que fica de prontidão para lhe dar riqueza e poder mental e espiritual vai se alegrar por lhe dar saúde também. A saúde perfeita é sua, se pedir, desde que obedeça às leis simples da vida e viva corretamente. Supere a saúde ruim e o medo. Mas não é suficiente superar ansiedade e preocupação financeira e física; você também precisa superar o malfeito moral. Verifique sua consciência agora em busca dos motivos que o mobilizam, e tenha certeza de que são os certos. Você deve evitar a luxúria e não ser mais governado pelo apetite, e deve comandar o apetite. Deve comer apenas para saciar a fome, nunca por prazer glutão, e, em todas as coisas, deve fazer a carne obedecer ao espírito.

Você deve evitar a ganância; não ter motivos indignos para o desejo de se tornar rico e poderoso. É legítimo e certo desejar riqueza, se você a quer pelo bem da alma, mas não se a deseja pelas luxúrias da carne.

Fuja do orgulho e da vaidade; não pense em tentar comandar os outros ou superá-los. Esse é um ponto vital; não existe tentação mais insidiosa que o desejo egoísta de comandar os outros.

Nada desperta tanto o interesse do homem ou da mulher comum quanto ocupar o lugar de destaque em banquetes, ser cumprimentado com respeito no mercado e ser chamado de Rabino, Senhor. Exercer algum tipo de controle sobre outras pessoas é o motivo secreto de todo egoísta. A disputa de poder com os outros é a batalha do mundo competitivo, e é preciso estar acima desse mundo e de seus motivos e aspirações e buscar apenas a vida. Evite a inveja; você pode ter tudo que quer e não precisa invejar nenhum homem pelo que ele tem. Acima de tudo, cuide para não sentir maldade ou hostilidade por ninguém; isso o afasta da mente cujos tesouros procura tornar seus. "Aquele que não ama o irmão, não ama Deus."

Deixe de lado toda ambição pessoal mesquinha; decida buscar o bem mais elevado e não seja tentado por egoísmo indigno.

Reveja tudo o que foi proposto acima e vá tirando, uma a uma essas tentações morais de seu coração; decida mantê-las do lado de fora. Depois resolva que não só vai abandonar todo mau pensamento, mas também vai desistir de todos os feitos, hábitos e atitudes que não combinem com seus ideias mais nobres. Isso é de suprema importância. Tome essa decisão com todo o poder de sua alma, e você estará pronto para o próximo passo em direção à grandeza, explicado no próximo capítulo.

O ponto de vista social

Sem fé é impossível agradar a Deus, e sem fé é impossível tornar--se grande. A característica distintiva de todo homem e mulher realmente grande é uma fé inabalável. Vemos isso em Lincoln durante os dias sombrios da guerra; vemos isso em Washington em Valley Forge; vemos isso em Livingstone, o missionário que cruzou os pântanos do continente negro, sua alma inflamada com a determinação de levar a luz ao amaldiçoado comércio escravo, que sua alma não aceitava; vemos isso em Luther, e em Frances Willard, em todo homem e mulher que alcançou um lugar na lista dos grandes nomes do mundo. Fé – não a fé em si mesmo ou nos próprios poderes, mas fé no princípio; em Alguma Coisa grandiosa que se mantém correta e com que se pode contar para nos dar a vitória na hora certa. Sem essa fé, não é possível a ninguém alcançar verdadeira grandeza. O homem que não tem fé em princípios será sempre um homem pequeno. Ter ou não essa fé depende do seu ponto de vista. Você precisa aprender a ver o mundo como algo produzido por evolução, como uma coisa que está evoluindo e se tornando, não como uma obra concluída. Milhões de anos atrás, Deus trabalhou com todas as formas baixas e cruas de vida, baixas e cruas, porém, cada uma perfeita à própria maneira. Organismos mais elevados e mais complexos, animais e vegetais, apareceram nas eras seguintes; a terra passou por estágio atrás de estágio em seu desenvolvimento, cada estágio perfeito em si mesmo e sucedido por outro mais elevado. O que quero que você perceba é que os chamados "organismos inferiores" são tão perfeitos à sua maneira quanto os mais elevados; que o mundo no período Eoceno era perfeito para aquela época; era perfeito, mas o trabalho de Deus não estava concluído. Isso também vale para o mundo hoje. Tudo é bom no aspecto físico, social e industrial, e tudo é perfeito. Não é completo em nenhum lugar ou em parte alguma, mas, até onde o trabalho de Deus foi feito, é perfeito.

ESTE DEVE SER SEU PONTO DE VISTA: O MUNDO, E TUDO QUE ELE CONTÉM, É PERFEITO, EMBORA NÃO TENHA SIDO CONCLUÍDO.

"Tudo é certo no mundo." Esse é o fato importante. Não tem nada errado com nada; não tem nada errado com ninguém.

E, a partir desse ponto de vista, você deve contemplar todos os fatos da vida.

Não tem nada errado com a natureza. A natureza é uma grande presença avançando e trabalhando de forma benéfica pela felicidade de todos. Todas as coisas na natureza são boas; ela não tem maldade. Ela não é completa; a criação ainda está inconclusa, mas segue dando ao homem ainda mais abundância do que deu a ele no passado. A natureza é uma expressão parcial de Deus, e Deus é amor. Ela é perfeita, mas não é completa.

Podemos dizer a mesma coisa sobre a sociedade e o governo humanos. Mesmo com a existência de trustes, fusões de capital, greves, locautes e coisas desse tipo. Todas essas coisas são parte do movimento de avanço; são incidentais ao processo evolutivo de completar a sociedade. Quando ela estiver completa, haverá harmonia; mas ela não pode ser concluída sem isso. J. P. Morgan é tão necessário à ordem social futura quanto os animais estranhos da era dos répteis eram necessários à vida do período seguinte, e, da mesma forma que esses animais eram perfeitos à sua maneira, Morgan também é perfeito à maneira dele.

Observe que tudo está muito bom. Veja governo e indústria perfeitos agora e avançando rapidamente na direção de serem completos; então, você vai entender que não há nada a temer, nenhum motivo para ansiedade, nada com que se preocupar. Nunca reclame de nenhuma dessas coisas. Ela são perfeitas; este é o melhor mundo possível para o estágio de desenvolvimento que o homem alcançou.

Isso vai parecer bobagem para algumas pessoas, para muitas, talvez. "O quê!", vão dizer. "O trabalho infantil e a exploração de homens e mulheres em condições insalubres não são coisas ruins? Quer dizer que devemos aceitar tudo isso e reconhecer que são coisas boas?"

Trabalho infantil e coisas semelhantes não são piores que o jeito de viver e os hábitos e práticas dos homens das cavernas. Seus métodos são aqueles do estágio selvagem do crescimento do homem, e para aquele estágio eles eram perfeitos. Nossas práticas industriais são aquelas do estágio selvagem do desenvolvimento industrial, e também são perfeitas.

Nada melhor é possível, enquanto não deixarmos de ser selvagens mentais na indústria e nos negócios e nos tornarmos homens e mulheres. Isso só pode acontecer com a ascensão de toda a raça a um ponto de vista superior. E isso só pode acontecer com a ascensão aqui e ali de indivíduos que estejam prontos para o ponto de vista mais elevado. A cura para toda essa desarmonia está nos trabalhadores, não nos senhores ou empregadores. Sempre que alcançam um ponto de vista mais elevado, sempre que desejam isso, eles podem estabelecer completa fraternidade e harmonia na Indústria; eles têm os números e o poder. Agora estão conseguindo o que querem. Sempre que desejarem mais no sentido de uma vida mais elevada, pura e harmoniosa, eles receberão mais. É verdade, eles querem mais agora, mas só querem mais das coisas que representam o prazer animal, e assim a indústria permanece no selvagem e brutal estágio animal; quando os trabalhadores começarem a ascender ao plano mental de viver e pedir mais coisas que representam a vida da mente e da alma, a indústria será levada imediatamente acima do plano da selvageria e da brutalidade. Mas ela é perfeita agora em seu plano. Observe: de fato, tudo é muito bom. Isso vale para os salões e covis de vício. Se a maioria das pessoas deseja essas coisas, é certo e necessário que as tenha. Quando a maioria deseja um mundo sem essas discordâncias, a maioria cria esse mundo. Enquanto homens e mulheres estão no plano do pensamento bestial, a ordem social será em parte desordem e exibirá manifestações bestiais. As pessoas fazem da sociedade o que ela é, e, quando as pessoas se elevam acima do pensamento bestial, a sociedade se eleva acima da bestialidade em suas manifestações. Mas uma sociedade que pensa de um jeito bestial tem de ter bares e saloons; ela é perfeita à sua maneira, como era o mundo no período Eoceno, e muito boa.

Tudo isso não impede você de trabalhar por coisas melhores.

Você pode trabalhar para completar uma sociedade incompleta, em vez de renovar a que é decadente; e pode trabalhar com um coração melhor e um espírito mais esperançoso. Isso vai fazer uma imensa diferença com sua fé e seu espírito, veja você a civilização como uma coisa boa que se torna melhor ou uma coisa ruim que se torna decadente. Um ponto de vista lhe dá uma mente progressista e em expansão, e o outro, uma mente decadente e em retração.

Um ponto de vista faz você se tornar maior, e o outro vai, inevitavelmente, fazer você ser menor. Um vai capacitá-lo a trabalhar pelas coisas eternas; fazer trabalhos maiores de um jeito grandioso pela completude de tudo que é incompleto e desarmonioso; e o outro vai transformá-lo em mero reformador de retalhos, trabalhando quase sem esperança de salvar umas poucas almas perdidas de um mundo que vai passar a considerar perdido e condenado. Como vê, faz um grande diferença para você essa coisa de ponto de vista social. "Está tudo certo com o mundo. Nada pode estar errado, exceto minha atitude pessoal, e vou mantê-la acertada. Verei os fatos da natureza e todos os eventos, circunstâncias e condições de sociedade, política, governo e indústria do ponto de vista mais elevado. Tudo é perfeito, embora incompleto. Tudo é obra de Deus. Observe: tudo é muito bom."

O ponto de vista individual

Por mais que seja importante a questão do seu ponto de vista dos fatos da vida social, ele é menos importante que seu ponto sobre seus semelhantes, conhecidos, amigos, parentes e família próxima e, acima de tudo, sobre você mesmo. É preciso aprender a não olhar para o mundo como uma coisa perdida e decadente, mas como algo perfeito e glorioso que se encaminha para a mais bela completude; e você precisa aprender a ver homens e mulheres não como coisas perdidas e condenadas, mas como seres perfeitos caminhando para se tornarem completos. Não existem pessoas "más" ou "maldosas". Um motor, que está nos trilhos puxando seu trem pesado, é perfeito à sua maneira, e é bom. A força do vapor, que o põe em movimento, é boa. Se um trilho quebrado joga o trem em uma valeta, ele não se torna mau ou maldoso por ter sido desviado; é um motor perfeitamente bom, mas fora dos trilhos.

A força do vapor que o joga na valeta e danifica não é má, é uma força perfeitamente boa. Então, aquilo que é deslocado ou aplicado de um jeito incompleto ou parcial não é mau. Não existem pessoas maldosas; há pessoas perfeitamente boas que estão fora dos trilhos, mas não precisam de condenação ou castigo; só precisam ser devolvidas aos trilhos.

Aquilo que não é desenvolvido ou é incompleto muitas vezes parece mau aos nossos olhos, pela maneira como fomos treinados a pensar. A raiz de um bulbo que vai produzir um lírio branco tem uma aparência feia; pode-se olhar para ela com repulsa. Mas que tolice seria condenar o bulbo por sua aparência, quando sabemos que o lírio está dentro dele. A raiz é perfeita à sua maneira; é um lírio perfeito, mas incompleto, e é assim que devemos aprender a olhar para todos homens e mulheres, mesmo que seja difícil amá-los em sua manifestação exterior; eles são perfeitos em seu estágio de ser e estão se tornando completos.

Observe, tudo é muito bom.

Assim que compreendemos esse fato e chegamos a esse ponto de vista, perdemos todo o desejo de encontrar defeitos nas pessoas, julgá-las, criticá-las ou condená-las. Não trabalhamos mais como quem está salvando almas perdidas, mas como quem está entre os anjos, trabalhando pela completude de um paraíso glorioso. Nascemos do espírito e vemos o reino de Deus. Não vemos mais os homens como árvores que andam, mas temos uma visão completa. Não temos senão palavras boas a dizer. Tudo é bom: uma grande e gloriosa humanidade chegando à completude. E, em nossa associação com os homens, isso nos coloca em uma atitude mental expansiva e engrandecedora; nós os vemos como seres grandes e começamos a lidar com eles e seus assuntos de um jeito grandioso.

Mas, se caímos no outro ponto de vista e vemos uma raça perdida e degenerada, encolhemos para uma mente que se retrai; e nossas interações com os homens e seus assuntos acontecerão de um jeito pequeno e retraído. Lembre-se de permanecer firme nesse ponto de vista; assim, não pode deixar de começar imediatamente a lidar com seus conhecidos e vizinhos, bem como com sua família, como uma grande personalidade lida com os homens. Esse mesmo ponto de vista deve ser aquele a partir do qual você se vê. É preciso se ver sempre como uma alma grande progredindo. Aprenda a dizer: "Tem AQUILO em mim de que sou feito, que não conhece imperfeição, fraqueza ou doença. O mundo é incompleto, mas Deus em minha consciência é perfeito e completo. Nada pode estar errado, senão minha atitude pessoal, e minha atitude pessoal só pode estar errada quando desobedeço ÀQUILO que está dentro de mim. Sou uma manifestação perfeita de Deus até onde cheguei, e vou me esforçar para ser completo. Vou confiar e não vou ter medo".

Quando for capaz de dizer isso compreendendo o que diz, você terá perdido todo o medo e terá avançado muito no caminho para o desenvolvimento de uma grande e poderosa personalidade.

Consagração

Depois de alcançar o ponto de vista que o coloca nas relações certas com o mundo e seus semelhantes, o próximo passo é a consagração; e consagração em seu real sentido significa simplesmente obediência à alma. Existe dentro de você aquilo que sempre o impele para cima e para a frente. E essa coisa que o impele é o divino Princípio de Poder; você deve obedecer sem questionar. Ninguém vai negar a afirmação de que, se você quer ser grande, a grandiosidade deve ser uma manifestação de alguma coisa interior; você também não pode questionar que essa alguma coisa tem de ser a maior e mais elevada dentro de você. Não é a mente, nem o intelecto ou a razão. Você não pode ser grande se não busca o princípio além do seu poder de raciocínio. Razão não conhece princípio nem moralidade. Sua razão é como um advogado, no sentido de que pode argumentar pelos dois lados. O intelecto de um ladrão planeja roubo e assassinato tão prontamente quanto o intelecto de um santo planeja uma grande filantropia. Intelecto nos ajuda a ver os melhores meios e maneiras de fazer a coisa certa, mas o intelecto nunca nos mostra a coisa certa. Intelecto e razão servem ao homem egoísta por seus fins egoístas tão prontamente quando ao homem altruísta por seus fins altruístas. Use intelecto e razão sem considerar o princípio, e você pode alcançar reconhecimento por ser uma pessoa muito capaz, mas nunca terá reconhecimento por ser uma pessoa cuja vida mostra o poder da verdadeira grandeza.

Há muito treinamento dos poderes do intelecto e da razão e pouco treinamento em obediência à alma. Essa é a única coisa que pode estar errada com sua atitude – quando ela deixa de ser obediente ao Princípio do Poder.

Ao voltar ao próprio centro, você sempre pode encontrar a ideia pura do certo em todo relacionamento. Para ser grande e ter poder, é necessário apenas conformar sua vida à ideia pura quando a encontra no GRANDE INTERIOR. Cada compromisso relacionado a esse ponto é feito à custa de perda de poder. Isso você tem de lembrar. Há muitas ideias em sua mente que você superou, e que, por força do hábito, ainda deixa ditar as ações de sua vida. Pare com tudo isso; abandone tudo que você superou. Há muitos costumes ignóbeis, sociais e de outras naturezas, que você ainda segue, mesmo sabendo que o diminuem e reduzem, que o fazem seguir agindo de um jeito pequeno. Supere tudo isso. Não digo que deva desconsiderar absolutamente as convenções, ou os padrões comumente aceitos de certo e errado. Você não pode; mas pode livrar sua alma de muitas restrições que tolhem a maioria de seus semelhantes. Não dedique tempo e energia a apoiar instituições obsoletas, religiosas ou não; não seja limitado por credos nos quais não acredita. Seja livre. Você talvez tenha formado alguns hábitos sensuais de mente ou corpo; abandone-os. Você ainda permite medos desconfiados sobre as coisas darem errado, ou sobre as pessoas o traírem, ou o enganarem; supere-os. Você ainda age de maneira egoísta em muitos sentidos e muitas ocasiões; pare de agir assim. Abandone tudo isso e substitua pelas melhores ações que puder imaginar. Se quer avançar, e não está conseguindo, lembre-se de que só pode ser porque seu pensamento é melhor que sua prática. Você tem de fazer tão bem quanto pensa.

Que seus pensamentos sejam comandados por princípio, e então viva de acordo com seus pensamentos.

Que sua atitude nos negócios, na política, nas questões da vizinhança e em sua casa sejam a expressão dos melhores pensamentos que você pode ter. Que suas maneiras com todos os homens e mulheres, grandes e pequenos, e especialmente com seu círculo familiar, sejam sempre as mais gentis, elegantes e corteses que puder criar em sua imaginação. Lembre-se de seu ponto de vista: você é um deus na companhia de deuses e deve conduzir-se de acordo com isso.

Os passos para completar a consagração são poucos e simples. Você não pode ser governado de baixo se quer ser grande; deve governar de cima. Portanto, não pode ser comandado por impulsos físicos; você precisa submeter o corpo à mente; mas a mente sem princípio pode levá-lo ao egoísmo e a práticas imorais; você deve submeter a mente à alma, e a alma é limitada pelas fronteiras do seu conhecimento; você precisa submetê-la àquela Nossa alma que não precisa buscar a compreensão, mas diante de cujos olhos todas as coisas são claras. Isso constitui a consagração. Diga: "Eu entrego meu corpo para ser governado por minha mente; eu entrego minha mente para ser governada por minha alma, e eu entrego minha alma à orientação de Deus". Faça essa consagração completa e inteira, e terá dado o segundo passo no caminho da grandiosidade e do poder.

Identificação

Depois de reconhecer Deus como a presença que faz avançar natureza, sociedade e seus semelhantes, se harmonizado com tudo isso e consagrado seu eu àquilo dentro de você que o impele em direção ao maior e mais alto, o próximo passo é tomar consciência e reconhecer totalmente o fato de que o Princípio do Poder dentro de você é o próprio Deus. Você deve identificar-se conscientemente com o Altíssimo. Essa não é uma posição falsa ou mentirosa a ser assumida; é um fato a ser reconhecido. Você já é parte de Deus; você quer se tornar consciente disso. Existe uma substância, a origem de todas as coisas, e essa substância tem dentro dela o poder que cria todas as coisas; todo poder é inerente a ela. Essa substância é consciente e pensa; trabalha com perfeita compreensão e inteligência. Você sabe que é assim, porque sabe que a substância existe e que consciência existe; e que a substância deve ser consciente.

O homem é consciente e pensa; homem é substância, precisa ser substância, ou não é nada e não existe. Se o homem é substância e pensa, e é consciente, então ele é Substância Consciente. Não é concebível a existência de mais de uma Substância consciente; então, o homem é a substância original, a origem de toda vida e poder personificada em uma forma física. O homem não pode ser algo diferente de Deus. Inteligência é uma só e a mesma em todos os lugares, e deve ser em todos os lugares um atributo da mesma substância. Não pode haver um tipo de inteligência em Deus e outro tipo de inteligência no homem; inteligência só pode estar em substância inteligente, e Substância Inteligente é Deus. O homem é do mesmo estofo de Deus, e, assim, todos os talentos, poderes e possibilidades que estão em Deus estão no homem, não só em alguns poucos homens excepcionais, mas em todos. "Todo poder é dado ao homem, no céu e na terra." "Não está escrito, sois deuses?" O Princípio de Poder no homem é o próprio homem, e o homem é ele mesmo Deus. Mas, enquanto o homem é substância original e tem dentro dele todo o poder e possibilidades, sua consciência é limitada. Ele não sabe tudo que há para saber, e por isso é passível de erro e engano. Para evitá-los, ele precisa unir a mente àquela fora dele que sabe tudo; ele precisa se tornar conscientemente parte de Deus. Há uma Mente em torno dele, mais próxima que a respiração, mais perto que mãos e pés. E nessa mente está a memória de tudo que já aconteceu, desde as maiores convulsões da natureza nos dias da pré-história até a queda de um pardal no presente; e tudo que existe sabe também. Contido nessa Mente está o grande propósito por trás de toda a natureza, e assim ela sabe o que vai acontecer. O homem é cercado por uma Mente que sabe tudo que há para saber, passado, presente e porvir. Tudo que o homem disse ou fez ou escreveu está ali presente. O homem é do mesmo estofo que essa Mente; ele se originou dela; e pode se identificar com ela de tal forma que é capaz de saber o que ela sabe. "Meu Pai é maior que eu", disse Jesus.

"Eu venho dele." "Eu e meu Pai somos um. Ele mostra ao filho todas as coisas." "O espírito o guiará para toda a verdade."

Sua identificação com o Infinito deve ser alcançada por reconhecimento consciente de sua parte. Reconhecendo como fato que só existe um Deus, e que toda inteligência está na substância, você deve afirmar o seguinte: "Só existe um, e esse um está em todos os lugares. Eu me rendo à unidade consciente com o altíssimo. Não eu, mas o Pai. Decido ser parte do Supremo e levar a vida divina. Sou parte da consciência infinita; só existe uma mente, e eu sou essa mente. Eu que falo com você sou Ele".

Se você foi minucioso no trabalho conforme descrito nos capítulos anteriores, se chegou ao verdadeiro ponto de vista, e se sua consagração está completa, você não vai ter dificuldade para alcançar a identificação consciente; e, quando a alcançar, o poder que você procura será seu, porque você se uniu a todo o poder que existe.

Idealização

Você é um centro de pensamento na substância original, e os pensamentos da substância original têm poder criativo; tudo que é formado em seu pensamento e mantido como uma forma-pensamento tem de existir como uma forma material visível e assim chamada, e uma forma-pensamento mantida na substância de pensamento é uma realidade; é uma coisa real, tenha ela se tornado visível ao olho mortal ou não. Esse é um fato que você deve gravar na sua compreensão – um pensamento mantido na substância de pensamento é uma coisa real; uma forma, e tem existência real, embora não seja visível a você. Você assume internamente a forma como pensa em si mesmo; e se cerca das formas invisíveis daquelas coisas com que se associa em seus pensamentos.

Se você deseja uma coisa, imagine-a claramente e mantenha essa imagem na mente com firmeza até ela se tornar uma forma-pensamento definida; e, se suas práticas não os separam de Deus, a coisa que você quer chegará a você na forma material. Tem de ser assim, em obediência à lei pela qual o universo foi criado.

Não crie nenhuma forma-pensamento de si mesmo relacionada a doença, mas forme uma concepção de saúde. Crie uma forma-pensamento de si mesmo forte, saudável e perfeitamente bem; imprima essa forma-pensamento na inteligência criativa, e, se suas práticas não violarem as leis pelas quais o corpo físico é construído, a forma-pensamento vai se manifestar em sua carne. Isso também é certo; decorre da obediência à lei.

Crie uma forma-pensamento de si mesmo como deseja ser, e leve seu ideal tão perto da perfeição quanto sua imaginação é capaz de formar a concepção. Vou dar um exemplo: se um jovem estudante de Direito quer se tornar grande, que se imagine (de acordo com ponto de vista, consagração e identificação, conforme orientado anteriormente) como um grande advogado, defendendo seu caso com eloquência e poder igual diante de juiz e júri; como detentor de domínio da verdade, conhecimento e sabedoria ilimitados. Que ele se imagine como o grande advogado em todas as situações e contingências possíveis; embora seja ainda o estudante, que em todas as circunstâncias não se esqueça nem deixe de ser o grande advogado em sua forma-pensamento de si mesmo. Quando a forma-pensamento se torna mais definida e habitual em sua mente, e as energias criativas, tanto internas quanto externas, são postas em ação, ele começa a manifestar a forma interior, e todos os essenciais que compõem a imagem começam a ser impelidos na direção dele. Ele se põe na imagem, e Deus trabalha com ele; nada pode impedi-lo de se tornar o que deseja ser.

Da mesma maneira, o estudante de música se imagina executando harmonias perfeitas, encantando grandes plateias; o ator forma a mais alta concepção de que é capaz em relação a sua arte e aplica essa concepção a si mesmo. O agricultor e o mecânico fazem exatamente a mesma coisa. Concentre-se no seu ideal do que deseja ser; pense bem e tenha certeza de fazer a escolha certa; isto é, a que vai ser a mais satisfatória para você de maneira geral. Não dê muita atenção a conselhos ou sugestões das pessoas à sua volta; não acredite que alguém pode saber o que é melhor para você mais que você mesmo. Ouça o que os outros têm a dizer, mas tire sempre suas conclusões. NÃO DEIXE QUE OUTRAS PESSOAS DECIDAM O QUE VOCÊ VAI SER. SEJA O QUE SENTE QUE QUER SER.

Não se deixe desviar por uma falsa ideia de obrigação ou dever. Você não pode ter com outras pessoas obrigação ou dever que o impeça de fazer o máximo por você. Seja verdadeiro com você mesmo, e então não poderá ser falso com ninguém.

Quando tiver decidido completamente o que quer fazer, forme a mais elevada concepção daquela coisa que for capaz de imaginar e torne essa concepção um pensamento-forma. Mantenha esse pensamento-forma como um fato, como a verdade sobre si mesmo, e acredite nele.

Feche os ouvidos para todas as sugestões adversas. Não se importe se as pessoas o chamarem de tolo ou sonhador. Sonhe. Lembre-se de que Bonaparte, o tenente meio morto de fome, sempre se viu como o general de exércitos e senhor da França e acabou realizando externamente o que sempre manteve em mente que era. Com você não é diferente. Cumpra com atenção tudo que foi dito nos capítulos anteriores e aja como será orientado nos próximos, e você vai se tornar o que quer ser.

Realização

Mas, se você parasse no encerramento do capítulo anterior, nunca se tornaria grande; seria, de fato, um mero sonhador, um construtor de castelos. Muitos param por aí; não entendem a necessidade da ação presente para realizar a visão e manifestar a forma-pensamento. Duas coisas são necessárias: primeiro, criar a forma-pensamento; segundo, apropriar-se de verdade de tudo que está dentro e em volta da forma-pensamento. Discutimos o primeiro; agora vamos dar as orientações para o segundo. Quando cria a forma-pensamento, você já é, em seu interior, o que quer ser; em seguida, precisa tornar-se externamente o que quer ser. Você já é grande em seu interior, mas ainda não está fazendo grandes coisas de fato. Não pode começar a fazer coisas grandiosas de imediato, não antes de ser perante o mundo o grande ator, ou advogado, ou músico, ou personalidade que sabe que é; ninguém vai confiar a você coisas grandiosas, porque você ainda não se tornou conhecido. Mas você sempre pode começar a fazer coisas pequenas de um jeito grandioso.

Aqui vai todo o segredo. Você pode começar a ser grande hoje em sua própria casa, na sua loja ou no escritório, na rua, em todos os lugares; pode começar a se fazer conhecer por ser grande e pode fazer isso realizando tudo que já faz de um jeito grandioso. Você precisa pôr todo o poder de sua grande alma em cada ato, por menor e mais comum que seja, e assim revelar à família, aos amigos e vizinhos o que realmente é. Não se vanglorie nem faça elogios a si mesmo; não saia por aí dizendo às pessoas que grande personagem você é, apenas viva de um jeito grandioso. Ninguém vai acreditar em você, se sair dizendo que é um homem grande, mas ninguém pode duvidar de sua grandeza se mostrá-la com suas atitudes. Em seu círculo doméstico, seja tão justo, tão generoso, tão cortês e bondoso, que sua família, esposa, marido, filhos, irmãos e irmãs saberão que você é uma grande e nobre alma. Em todas as suas relações com os homens, seja grande, justo, generoso, cortês e bondoso. Os grandes nunca são diferentes disso. Essa é sua atitude.

A seguir, e mais importante, você deve ter fé absoluta em suas percepções da realidade. Nunca aja com pressa, de maneira precipitada; seja deliberado em tudo; espere até sentir que conhece todo o caminho. E, quando sentir que conhece o caminho inteiro, seja guiado por sua fé, mesmo que o mundo inteiro discorde de você. Se não acreditar no que Deus lhe diz nas pequenas coisas, você nunca vai absorver sua sabedoria e seu conhecimento nas coisas maiores. Quando sentir profundamente que determinada atitude é a certa, vá em frente e confie que as consequências serão boas. Quando tiver uma profunda impressão de que determinada coisa é verdade, apesar das aparências em contrário, aceite que essa coisa é verdadeira e aja de acordo. O jeito para desenvolver uma percepção da verdade nas coisas grandes é confiar absolutamente na sua atual percepção da verdade nas coisas pequenas. Lembre-se de que você está buscando desenvolver justamente esse poder ou faculdade – a percepção da verdade; está aprendendo a ler os pensamentos de Deus. Nada é grande e nada é pequeno aos olhos da Onipotência; ela sustenta o sol em seu lugar, mas também vê a queda de um pardal, conta os fios de cabelo em sua cabeça.

Deus tem tanto interesse pelos pequenos assuntos da vida diária quanto pelas questões de nações. Você pode perceber a verdade tanto dos assuntos de família e vizinhos quanto das questões do estado. E o jeito de começar é ter fé absoluta na verdade dessas pequenas questões, conforme é revelada a você no dia a dia. Quando se sentir profundamente impelido a seguir um curso de ação que parece contrariar a razão e o julgamento de todo mundo, siga esse caminho. Ouça sugestões e conselhos de outras pessoas, mas faça sempre o que sente que é realmente a coisa certa a fazer. Apoie-se com fé absoluta, o tempo todo, em sua percepção da verdade; mas tenha certeza de estar ouvindo Deus – de não agir com pressa, medo ou ansiedade.

Baseie-se na sua percepção da verdade em todos os fatos e circunstâncias da vida. Se sentir profundamente que um certo homem vai estar em um certo lugar em um certo dia, vá até lá com fé absoluta de que o encontrará; ele estará lá, por mais improvável que possa parecer. Se tiver certeza de que determinadas pessoas estão fazendo certas combinações ou certas coisas, aja com fé de que elas estão fazendo essas coisas. Se tiver certeza da verdade de qualquer circunstância ou acontecimento, perto ou longe, passado, presente ou futuro, confie em sua percepção. Você pode cometer enganos ocasionais no início, por causa da sua compreensão interna imperfeita; mas será guiado quase invariavelmente para o certo. Logo sua família e os amigos vão começar a acatar cada vez mais seu julgamento e vão se deixar guiar por você. Logo os vizinhos e as pessoas da cidade começarão a procurar seus conselhos; logo você será reconhecido como alguém que é grande em coisas pequenas, e será chamado cada vez mais a se encarregar de coisas grandes. Tudo que é necessário é se deixar guiar absolutamente em todas as coisas por sua luz interior, sua percepção da verdade. Obedeça à sua alma, tenha fé perfeita em você mesmo. Nunca pense em si mesmo com dúvida ou desconfiança, ou como alguém que comete erros. "Se julgo, meu julgamento é justo, pois não busco a honra dos homens, mas a do Pai."

Pressa e hábito

Não há dúvida de que você tem muitos problemas, domésticos, sociais, físicos e financeiros, que parecem exigir solução instantânea. Você tem dívidas que precisam ser pagas, ou outras obrigações que tem de cumprir; ocupa uma posição que o deixa infeliz ou causa desarmonia, e sente que precisa fazer alguma coisa imediatamente. Não se apresse e não tome atitudes a partir de impulsos superficiais. Você pode confiar em Deus para ter a solução de todos os seus enigmas pessoais. Não há pressa. Só há Deus, e tudo vai bem no mundo.

Existe em você um poder invencível, e o mesmo poder está nas coisas que você quer. Ele as está trazendo para você e levando você para elas. Esse é um pensamento que você deve apreender, e lembrar continuamente que a mesma inteligência que existe em você está nas coisas que você deseja. Elas são impelidas para você com a mesma força e da mesma maneira decidida com que seu desejo o impele para elas. A tendência de um pensamento mantido de forma constante, portanto, deve ser de trazer as coisas que você deseja e agrupá-las à sua volta. Enquanto você mantiver a fé e o pensamento correto, tudo deverá ir bem. Nada pode dar errado, exceto sua atitude, e ela não será errada se você confiar e não tiver medo. Pressa é uma manifestação de medo; quem não teme tem muito tempo. Se você age com perfeita fé nas suas percepções da verdade, nunca se atrasa ou chega cedo demais; e nada vai dar errado. Se as coisas parecem dar errado, não se perturbe; é só aparência. Nada pode dar errado neste mundo, exceto você mesmo, e você só poderá dar errado se adotar a atitude mental errada. Sempre que se perceber ficando agitado, preocupado, ou com a atitude mental de pressa, sente-se e pense nisso, jogue um jogo qualquer ou tire umas férias. Vá viajar, e tudo vai estar bem quando você voltar. Tão certo quanto se encontra na atitude mental de pressa, pode ter certeza de que está fora da atitude mental de grandeza. Pressa e medo vão interromper instantaneamente sua conexão com a mente universal; você não terá poder, sabedoria e informação até que se acalme. E entrar na atitude da pressa vai cessar a atitude do Princípio do Poder dentro de você. Medo transforma força em fraqueza.

Lembre-se de que equilíbrio e poder são associados de maneira inseparável.

A mente calma e equilibrada é a mente forte e grande; a mente apressada e agitada é a fraca. Sempre que cair no estado mental de pressa, pode saber que terá perdido o ponto de vista certo; está começando a olhar para o mundo, ou uma parte dele, como se estivesse errado. Nessas ocasiões, leia o capítulo seis deste livro; considere que esta obra é perfeita agora, com tudo que importa. Nada está errado; nada pode estar errado; tenha equilíbrio, mantenha a calma, seja alegre; tenha fé em Deus.

Depois do hábito, sua maior dificuldade, provavelmente, será superar seus antigos e habituais jeitos de pensar e formar novos hábitos. O mundo é governado por hábito. Reis, tiranos, senhores e plutocratas se mantêm em suas posições apenas porque o povo passou a aceitá-los habitualmente. As coisas são como são somente porque as pessoas formaram o hábito de aceitá-las como são. Quando as pessoas mudam seu pensamento habitual sobre instituições governamentais, sociais e industriais, elas conseguem mudar as instituições.

Hábitos governam todos nós.

Você talvez tenha adquirido o hábito de pensar em si mesmo como uma pessoa comum, alguém de habilidade limitada, ou de maior ou menor fracasso. Qualquer que seja seu pensamento habitual sobre si mesmo, é isso que você é. Precisa formar agora um hábito maior e melhor; você precisa formar uma concepção de si mesmo como alguém de poder ilimitado e pensar habitualmente que é esse ser. É o pensamento habitual, não o periódico, que decide seu destino. Não vai lhe servir de nada passar alguns minutos sentado, várias vezes por dia, afirmando para si mesmo que é grande, se, durante o dia todo, enquanto cuida de seus afazeres regulares, você pensa em si mesmo como alguém que não é grande. Nenhuma porção de reza ou afirmação vai torná-lo grande se você continuar se vendo habitualmente como pequeno.

O uso da oração e da afirmação é para mudar seu hábito de pensamento. Qualquer ato mental ou físico, repetido com frequência, torna-se um hábito. O propósito dos exercícios mentais é repetir certos pensamentos muitas vezes, até que pensá-los se torne constante e habitual. Os pensamentos que repetimos continuamente se tornam convicções. O que você precisa fazer é repetir o novo pensamento sobre si mesmo até que ele seja seu único jeito de pensar sobre si mesmo. Pensamento habitual, e não ambiente ou circunstância, fez de você o que é. Todo mundo tem alguma ideia central ou forma-pensamento sobre si mesmo, e por essa ideia a pessoa classifica e arranja todos os seus fatos e relacionamentos externos. Você está classificando seus fatos de acordo com a ideia de que é uma personalidade grande e forte, ou de acordo com a ideia de que é limitado, comum ou fraco? Se seu caso é o segundo, precisa mudar sua ideia central.

Crie uma nova imagem mental de você mesmo. Não tente se tornar grande apenas repetindo sequências de palavras ou fórmulas superficiais; mas repita muitas e muitas vezes o pensamento de seu próprio poder e de sua capacidade até classificar fatos externos e decidir seu lugar em todos os lugares a partir dessa ideia. Em outro capítulo, serão encontrados um exercício mental ilustrativo e mais orientações sobre esse ponto.

Pensamento

Grandiosidade só é alcançada por constantes pensamentos grandiosos. Nenhum homem poderá tornar-se grande em sua personalidade exterior enquanto não for grande internamente; e nenhum homem poderá ser grande internamente até PENSAR. Nenhuma quantidade de educação, leitura ou estudo pode fazer você grande sem pensamento; mas pensamento pode fazer você grande com bem pouco estudo. Há muitas pessoas que tentam tornar-se alguma coisa pela leitura de livros, sem pensar; isso não vai dar em nada. Você não se desenvolve mentalmente pelo que lê, mas pelo que pensa sobre o que leu.

Pensar é o mais difícil e mais exaustivo de todos os esforços; por isso muita gente o evita. Deus nos formou de tal maneira que somos continuamente levados a pensar; ou pensamos, ou nos envolvemos com alguma atividade para escapar do pensamento. A busca contínua e direta por prazer em que muita gente passa seu tempo livre é só um esforço para escapar do pensamento. Se estão sozinhas, ou se não têm nada de divertido com que ocupar a atenção, como um livro para ler ou um programa para ver, essas pessoas têm de pensar; e, para fugir de pensar, elas recorrem a livros, shows e todos os intermináveis dispositivos dos perseguidores de diversão. Muitas pessoas passam a maior parte de seu tempo livre fugindo do pensamento, por isso estão onde estão. Nunca avançamos até começarmos a pensar.

Leia menos e pense mais. Leia sobre coisas grandiosas e pense sobre grandes temas e questões. No momento, tempos poucas figuras realmente grandiosas na vida política em nosso país; nossos políticos são baratos. Não existe um Lincoln, um Webster, um Clay, Calhoun ou Jackson. Por quê? Porque nossos estadistas do presente tratam apenas de questões sórdidas e pequenas – questões de dólares e centavos, de conveniência e sucesso do partido, de prosperidade material sem consideração à ética. Pensar nessas linhas não promove grandes almas. Os estadistas do tempo de Lincoln e anteriores a ele lidavam com questões de verdade eterna, de direitos humanos e justiça. Os homens pensavam em grandes temas; pensavam grandes pensamentos e se tornaram grandes homens.

Pensamento, não apenas conhecimento ou informação, faz a personalidade. Pensar é crescimento; não se pode pensar sem crescer. Todo pensamento provoca outro. Escreva uma ideia, e outras a seguirão, até que você tenha escrito uma página. Você não pode compreender a própria mente; ela não tem fundo nem fronteiras. Os primeiros pensamentos podem ser rústicos; mas, à medida que você continuar pensando, vai usar mais e mais de si mesmo; vai acelerar a atividade de novas células cerebrais e desenvolver novas faculdades. Hereditariedade, ambiente, circunstâncias, todas as coisas abrem caminho, se você tem o hábito de praticar o pensamento contínuo e sustentado. Em contrapartida, se deixar de pensar por si mesmo e só usar o pensamento de outras pessoas, nunca vai saber do que é capaz; e vai acabar sendo incapaz de qualquer coisa.

Não pode haver grandiosidade verdadeira sem pensamento original. Tudo que um homem faz externamente é a expressão e totalidade de seu pensamento. Nenhuma ação é possível sem pensamento, e nenhuma grande ação é possível de ser realizada até que um grande pensamento a tenha precedido. Ação é a segunda forma de pensamento, e personalidade é a materialização do pensamento. Ambiente é o resultado do pensamento; coisas se agrupam ou se arranjam à sua volta de acordo com seu pensamento. Como diz Emerson, existe alguma ideia ou concepção central de você mesmo pela qual todos os fatos de sua vida são arranjados e classificados. Mude essa ideia central, e você pode mudar o arranjo ou a classificação de todos os fatos e circunstâncias de sua vida. Você é o que é porque pensa como pensa; está onde está porque pensa como pensa.

Então, vê-se a imensa importância de pensar sobre os grandes essenciais apresentados nos capítulos anteriores. Você não deve aceitá-los de maneira superficial; deve pensar neles até que sejam parte de sua ideia central. Volte à questão do ponto de vista e considere, em todos os seus desdobramentos, o pensamento tremendo de que vive em um mundo perfeito, entre pessoas perfeitas, e que nada pode dar errado com você, exceto sua atitude pessoal. Pense em tudo isso até perceber plenamente tudo que significa para você. Considere que este é o mundo de Deus e que é o melhor de todos os mundos possíveis; que ele o trouxe até aqui no caminho para a completude pelo processo de evolução orgânica, social e industrial, e que ele continua evoluindo rumo a maior completude e harmonia. Considere que existe um grande, perfeito, inteligente Princípio de Vida e Poder, que causa todos os fenômenos transformadores do cosmos. Pense em tudo isso até ver que é verdade, e até compreender como você deveria viver e agir como um cidadão de um todo tão perfeito.

Em seguida, pense na verdade maravilhosa que essa grande Inteligência é em você; é sua própria inteligência. É uma Luz Interior que o impele na direção da coisa certa e da melhor coisa, da maior atitude e da mais elevada felicidade. É um Princípio de Poder em você, concedendo toda a capacidade e toda a genialidade que existe. Vai guiá-lo de maneira infalível para o melhor, se você se submeter a ele e caminhar pela luz. Considere o significado da sua consagração quando diz: "obedecerei à minha alma". Essa é uma frase de tremendo significado; deve revolucionar a atitude e o comportamento da pessoa comum. Depois, pense em sua identificação com o Grande Supremo; pense que todo esse conhecimento é seu, e toda essa sabedoria é sua, basta pedir. Você é um deus se pensa como um deus. Se pensa como um deus, não pode deixar de agir como um deus. Pensamentos divinos certamente vão se externar em uma vida divina. Pensamentos de poder vão levar a uma vida de poder. Grandes pensamentos vão se manifestar em uma grande personalidade.

Pense bem em tudo isso, e então estará pronto para agir.

Ação em casa

Não pense, apenas, que vai se tornar grande; pense que é grande agora. Não pense que vai começar a agir de um jeito grandioso em algum momento no futuro; comece agora. Não pense que vai agir de um jeito grandioso quando chegar a um ambiente diferente; aja de um jeito grandioso onde está agora. Não pense que vai começar a agir de um jeito grandioso quando começar a lidar com coisas grandiosas; comece a lidar de um jeito grandioso com coisas pequenas. Não pense que vai começar a ser grande quando estiver entre pessoas mais inteligentes, ou entre pessoas que o entendem melhor; comece agora a lidar de um jeito grandioso com as pessoas à sua volta.

Se você não está em um ambiente onde há espaço para seus melhores poderes e talentos, pode mudar-se na hora certa; mas, até lá, você pode ser grande onde está. Lincoln foi tão grande como advogado desconhecido quanto como presidente; como um advogado desconhecido, ele fez coisas comuns de um jeito grandioso, e isso fez dele presidente. Se tivesse esperado até chegar a Washington para ser grande, ele teria permanecido desconhecido. Você não se torna grande pela localização em que por acaso está, nem pelas coisas de que pode se cercar. Você não se torna grande pelo que recebe dos outros, e nunca pode demonstrar grandiosidade enquanto depender dos outros. Você só vai manifestar grandiosidade quando começar a se manter em pé sozinho. Descarte todo pensamento de dependência de externos, sejam coisas, livros ou pessoas. Como disse Emerson, "Shakespeare nunca se fará pelo estudo de Shakespeare". Shakespeare se fará pensando pensamentos shakespearianos.

Não se incomode com como as pessoas à sua volta, inclusive os de sua casa, podem tratá-lo. Isso não tem nada a ver com você ser grande; isto é, não pode impedi-lo de ser grande. As pessoas podem ser negligentes, ingratas e indelicadas nas atitudes em relação a você; isso o impede de ser grandioso em seu comportamento e nas atitudes em relação a elas? "Seu Pai", disse Jesus, "é bom com o ingrato e com o mau". Deus seria grandioso caso se afastasse e ficasse ressentido porque as pessoas foram ingratas e não o reconheceram? Trate o ingrato e o mau de um jeito grandioso e perfeitamente bom, como Deus faz. Não fale sobre sua grandeza; na verdade, em essência, você não é maior que aqueles à sua volta. Pode ter adotado um jeito de viver e pensar que essas pessoas ainda não encontraram, mas elas são perfeitas em seu plano de pensamento e ação. Você não tem direito a nenhuma honra ou consideração especial por sua grandeza.

Você é um deus, mas está entre deuses. Vai cair na atitude exibicionista, se vir os defeitos e pontos fracos alheios e compará-los a suas virtudes e sucessos; e, se cair na atitude mental do exibicionismo, vai deixar de ser grande e tornar-se pequeno. Pense em si mesmo como um ser pequeno entre seres pequenos e trate todas as pessoas como iguais, não como superiores ou inferiores. Não assuma ares afetados; pessoas grandes nunca fazem isso.

Não peça honras e não procure reconhecimento; honras e reconhecimento virão com a devida rapidez se você tiver direito a elas.

Comece em casa. É uma pessoa grandiosa aquela que sempre consegue estar centrada, segura, calma e perfeitamente gentil e atenciosa em casa. Se suas maneiras e atitudes com a família são sempre as melhores em que pode pensar, logo você vai se tornar aquele com quem todos contam. Vai ser uma torre de força e apoio em tempos de problemas. Vai ser amado e reconhecido. Ao mesmo tempo, não cometa o erro de abrir mão de si mesmo a serviço dos outros. A pessoa grandiosa se respeita; ela serve e ajuda, mas nunca é servil ao ponto da escravidão. Você não pode ajudar sua família escravizando-se a ela ou fazendo coisas que, pelo certo, cada um deveria fazer por si. Você prejudica uma pessoa quando a serve demais. O egoísta e o exigente são mais ajudados se suas demandas forem negadas. O mundo ideal não é aquele em que há muitas pessoas sendo servidas por outras; é um mundo onde todos servem a si mesmos. Receba todas as demandas, egoístas ou não, com perfeita gentileza e consideração, mas não se deixe escravizar por caprichos, exigências ou desejos exploradores de nenhum membro da família. Agir assim não é grandioso e prejudica a outra parte.

Não se sinta desconfortável com os fracassos ou erros de nenhum membro de sua família a ponto de sentir que deve interferir. Não se incomode se outros parecem ir mal, não a ponto de sentir que deve interceder e resolver as coisas. Lembre-se de que cada pessoa é perfeita de acordo com o próprio plano; você não pode melhorar a obra de Deus. Não interfira nos hábitos e nas práticas pessoais de outras pessoas, mesmo que sejam as mais próximas e mais queridas para você; essas coisas não são da sua conta. Nada pode estar errado, exceto sua atitude pessoal; conserte-a, e saberá que todo o resto está certo. Você é realmente uma grande alma quando consegue conviver com quem faz coisas que você não faz, e abster-se de críticas ou interferência.

Faça as coisas que são certas para você e acredite que todos de sua família estão fazendo as coisas que são certas para eles.

Não tem nada de errado com alguém ou alguma coisa. Observe: tudo é muito bom. Não se deixe escravizar por ninguém, mas seja igualmente cuidadoso para não escravizar ninguém às suas ideias do que é certo. Pense, e pense de maneira profunda e contínua; seja perfeito em sua bondade e consideração; que sua atitude seja a de um deus entre deuses, não a de um deus entre seres inferiores. Esse é o caminho para ser grandioso em sua casa.

Ação no exterior

As regras que se aplicam a sua atitude em casa devem servir para sua atitude em todos os lugares. Nunca esqueça, nem por um instante, que este é um mundo perfeito, e você é um deus entre deuses. Você é tão grande quanto os maiores, mas todos são seus semelhantes.

Apoie-se completamente em sua percepção da verdade. Confie na luz interior, em vez da razão, mas assegure-se de que sua percepção deriva da luz interior; aja com equilíbrio e calma; fique quieto e sirva a Deus. Sua identificação com a Mente de Tudo vai lhe dar todo o conhecimento de que precisa para orientar-se em qualquer contingência que possa surgir em sua vida ou na vida de outras pessoas. É necessário apenas que tenha uma calma suprema e conte com a sabedoria eterna que existe dentro de você. Se agir com equilíbrio e fé, seu julgamento será sempre certo, e você sempre saberá exatamente o que fazer. Não se apresse ou se preocupe; lembre-se de Lincoln nos dias sombrios da guerra. James Freeman Clarke relata que, depois da batalha de Fredericksburg, Lincoln sozinho serviu um estoque de fé e esperança à nação. Centenas de líderes de todas as partes do país entraram na sala dele entristecidos e saíram de lá alegres e esperançosos. Tinham estado frente a frente com o Altíssimo, e tinham visto Deus naquele homem magro, desajeitado, paciente, embora não soubessem disso.

Tenha uma fé perfeita em si mesmo e na sua capacidade de lidar com qualquer combinação de circunstâncias que possam surgir. Não se incomode se estiver sozinho; se precisar de amigos, eles serão levados até você na hora certa. Não se incomode se sentir que é ignorante; a informação de que precisa será levada até você quando chegar a hora de tê-la. Isso que está dentro de você e o faz seguir adiante está nas coisas e nas pessoas de que precisa, fazendo-as seguir em sua direção. Se houver um homem em particular que precisa conhecer, ele será apresentado a você; se existe um livro em particular que precisa ler, ele será posto em suas mãos na hora certa. Todo o conhecimento de que precisa está a caminho, vindo de fontes externas e internas. Sua informação e seus talentos serão sempre iguais aos requisitos da ocasião. Lembre-se de que Jesus disse a seus discípulos para não se preocuparem quanto ao que deveriam dizer quando fossem levados à frente dos juízes; ele sabia que o poder que havia neles seria suficiente para as necessidades da hora. Assim que despertar e começar a usar suas faculdades de um jeito grandioso, você vai aplicar poder ao desenvolvimento do cérebro; novas células serão criadas, e células adormecidas terão sua atividade acelerada, e seu cérebro será qualificado como um instrumento perfeito para a mente.

Não tente fazer coisas grandes antes de estar pronto para lidar com elas de um jeito grandioso. Se você se dispuser a lidar com coisas grandes de um jeito pequeno, isto é, de um ponto de vista baixo ou com consagração incompleta e fé e coragem hesitantes, vai fracassar. Não tenha pressa de chegar às coisas grandiosas. Fazer coisas grandes não o fará grande, mas tornar-se grande certamente o levará a fazer coisas grandes. Comece a ser grande onde está e nas coisas que faz todos os dias. Não tenha pressa de ser encontrado ou reconhecido como uma grande personalidade. Não fique decepcionado se os homens não o indicarem a um cargo público um mês depois de ter começado a praticar o que leu neste livro. Pessoas grandes nunca buscam reconhecimento ou aplauso; não são grandes porque querem ser recompensadas por serem assim. Grandiosidade é recompensa suficiente por si; a alegria de ser alguma coisa e saber que está avançando é a maior de todas as alegrias possíveis ao homem.

Se você começa na família, como foi descrito no capítulo anterior, e depois assume a mesma atitude mental com os vizinhos, amigos e gente que conhece profissionalmente, logo vai descobrir que as pessoas estão começando a contar com você. Seu conselho será solicitado, e um número cada vez maior de indivíduos vai procurar em você força e inspiração e vai se basear em seu julgamento.

Aqui, como em casa, você deve evitar interferir nos assuntos dos outros. Ajude quem o procurar, mas não saia por aí disposto a consertar outras pessoas. Cuide da sua vida. Corrigir a moral, os hábitos ou as práticas dos outros não faz parte da sua missão na vida. Tenha uma vida grandiosa, fazendo todas as coisas com uma disposição grandiosa e de um jeito grandioso; dê a quem pede com a mesma generosidade com que recebeu, mas não imponha sua ajuda ou suas opiniões a ninguém. Se o vizinho quer fumar ou beber, é problema dele; não é da sua conta até que ele o consulte sobre o assunto. Se levar uma vida grandiosa e não sair pregando, salvará mil vezes mais almas que alguém que leva uma vida pequena e prega o tempo todo.

Se mantiver o ponto de vista certo sobre o mundo, outros saberão dele e serão impressionados por suas conversas e práticas diárias. Não tente converter as pessoas ao seu ponto de vista, exceto sustentando-o e vivendo de acordo com ele. Se sua consagração é perfeita, não precisa contar a ninguém; logo vai se tornar evidente a todos que você é guiado por um princípio mais elevado que o da média de homens e mulheres. Se sua identificação com Deus é completa, não precisa explicar aos outros; isso será evidente. Para ser conhecido como uma grande personalidade, você não precisa fazer mais que viver. Não imagine que tem de sair pelo mundo como Dom Quixote, lutando contra moinhos de vento e mudando tudo de lugar para mostrar que é alguém. Não procure coisas grandiosas para fazer. Viva uma vida grandiosa onde está, e no trabalho diário que faz, e obras maiores certamente o encontrarão. Coisas grandes o encontrarão pedindo para serem feitas.

Seja impressionado pelo valor de um homem a ponto de tratar com a mesma consideração distinta até um mendigo ou vagabundo. Tudo é Deus. Todo homem é perfeito. Que sua atitude seja a de um deus dirigindo-se a outros deuses. Não reserve toda a sua consideração aos pobres; o milionário é tão bom quanto o vagabundo. Este é um mundo perfeitamente bom, e não há nele coisa ou pessoa que não seja exatamente certa; mantenha isso em mente ao lidar com coisas e homens.

Forme sua visão mental de si mesmo com muito cuidado. Faça o pensamento-forma de você mesmo como deseja ser, e sustente-o com a fé de que isso está sendo realizado, e com o propósito de realizá-lo completamente. Cumpra cada ato comum como um deus o faria; fale cada palavra como um deus a falaria; trate homens e mulheres de posições baixas e elevadas como um deus trataria outros seres divinos. Comece assim e continue assim, e o desenvolvimento de sua habilidade e seu poder será grande e rápido.

Algumas explicações a mais

Voltamos aqui à questão do ponto de vista, porque, além de ter importância vital, é ele que vai oferecer mais dificuldades ao estudante, provavelmente. Fomos treinados, em parte por professores religiosos enganados, a olhar para o mundo como um navio naufragado, jogado por uma tempestade contra uma costa rochosa; no fim, a destruição total é inevitável, e o máximo que se pode fazer é resgatar, talvez, alguns tripulantes. Essa visão nos ensina a considerar o mundo essencialmente mau e piorando, e a pensar que discórdias e desarmonias existentes devem continuar e se intensificar até o fim. Ela nos rouba esperança para sociedade, governo e humanidade e nos dá uma perspectiva decrescente e mente em retração.

Tudo isso está errado. O mundo não está destroçado. Ele é como um vapor magnífico com os motores no lugar e o maquinário em perfeita ordem. Os depósitos estão cheios de carvão, e o navio tem fartas provisões para o cruzeiro; não falta nada de bom. Todas as provisões que a Onisciência foi capaz de imaginar foram garantidas para segurança, conforto e felicidade da tripulação; o vapor está em alto-mar jogando de lá para cá, porque ninguém aprendeu ainda a guiá-lo no curso certo. Estamos aprendendo a guiá-lo, e no devido tempo chegaremos de maneira grandiosa ao porto da perfeita harmonia.

O mundo é bom e está ficando melhor. Discórdias e desarmonias existentes não são mais que o balanço do navio, consequência de o guiarmos de maneira imperfeita; todas serão removidas no devido tempo. Essa visão nos dá uma perspectiva crescente e uma mente em expansão; nos capacita a pensar com grandeza na sociedade e em nós mesmos e a fazer as coisas de um jeito grandioso.

Além disso, vemos que nada pode estar errado com este mundo ou com qualquer parte dele, inclusive seus assuntos. Se tudo se move rumo à completude, então não está dando errado; e, como nossos assuntos pessoais são uma parte do todo, não estão dando errado. Você e tudo com que se preocupa estão se movendo na direção da completude. Nada pode interromper esse movimento de avanço, exceto você mesmo; e você só pode interrompê-lo adotando uma atitude mental que está em desacordo com a mente de Deus. Você não tem nada para manter certo além de si mesmo; se permanecer certo, nada poderá dar errado com você, e não há nada a temer. Nenhum desastre nos negócios ou em outra área poderá acontecer, porque você é parte daquilo que está crescendo e avançando, e precisa crescer e avançar com isso.

Além do mais, seu pensamento-forma será desenhado, em sua maior parte, de acordo com o ponto de vista do cosmos. Se você vê o mundo como uma coisa perdida e arruinada, vai se ver como parte dele, compartilhando de seus pecados e fraquezas. Se sua perspectiva do mundo como um todo é desprovida de esperança, sua perspectiva de si mesmo não pode ser esperançosa. Se você vê o mundo declinando rumo ao fim, não pode se ver progredindo. A menos que tenha um pensamento favorável sobre todas as obras de Deus, você não pode pensar bem sobre si, e a menos que pense bem sobre si, nunca pode se tornar grande.

Repito: seu lugar na vida, inclusive o ambiente material, é determinado pelo pensamento-forma que costuma ter sobre si. Quando faz um pensamento-forma sobre você mesmo, não pode deixar de formar na mente um ambiente correspondente. Se você pensa em si como uma pessoa incapaz, ineficiente, vai pensar em si em ambientes pobres ou baratos. A menos que pense bem sobre si, certamente vai se imaginar em um ambiente mais ou menos pobre. Esses pensamentos, mantidos de maneira habitual, tornam-se formas invisíveis nas coisas mentais que o cercam e o acompanham o tempo todo. No devido tempo, pela ação regular da eterna energia criativa, as formas-pensamento invisíveis são produzidas em coisas materiais, e você é cercado por seus pensamentos traduzidos em coisas materiais.

Veja a natureza como uma grande presença viva e avançando, e verá a sociedade humana exatamente do mesmo jeito. Tudo é uma coisa só, vindo da mesma origem, e tudo é bom. Você é feito da mesma coisa que Deus. Tudo que constitui Deus é parte de você; todo poder que Deus tem é parte do homem. Você pode avançar na medida que vê Deus avançando. Dentro de você existe a origem de todo poder.

Mais sobre pensamento

Aqui vamos fazer algumas considerações a mais sobre pensamento. Você nunca vai se tornar grande até que seus pensamentos o façam grande, portanto é da maior importância que você PENSE.

Você nunca fará coisas grandes no mundo externo até pensar coisas grandes no mundo interno; e você nunca vai pensar coisas grandes até pensar sobre a realidade, sobre as verdades. Para pensar coisas grandes, você precisa ser absolutamente sincero; e para ser sincero você precisa saber que suas intenções são certas. Pensamento insincero ou falso nunca é grande, por mais que seja lógico e brilhante.

O primeiro passo, e o mais importante, é buscar a verdade das relações humanas, saber o que você deve ser para outros homens, e o que eles devem ser para você. Isso o leva de volta à busca de um ponto de vista certo. Você deveria estudar evolução orgânica e social.

Leia Darwin e Walter Thomas Mills e, quando ler, PENSE; pense em toda a questão até ver o mundo de coisas e homens do jeito certo. PENSE sobre o que Deus está fazendo até poder VER o que Ele está fazendo.

Seu próximo passo é pensar em si mesmo na atitude pessoal certa. Seu ponto de vista lhe diz qual é a atitude certa, e obediência à alma o coloca nela. Só fazendo uma consagração completa de si ao altíssimo dentro de você é possível conquistar o pensamento sincero. Enquanto souber que é egoísta em suas metas ou desonesto de alguma maneira em suas intenções ou práticas, seu pensamento será falso, e seus pensamentos não terão nenhum poder. PENSE sobre como está fazendo as coisas; sobre todas as suas intenções, seus propósitos e práticas, até saber que são certos.

A completa unidade com Deus é algo que ninguém consegue apreender sem pensamento profundo e sustentado. Qualquer um pode aceitar a proposta de um jeito superficial, mas sentir e realizar uma compreensão vital dela é outra história. É fácil pensar em sair de si para encontrar Deus, mas não é tão fácil pensar em mergulhar dentro de si para encontrar Deus. Mas Deus está lá, e no sagrado de sua alma você pode encontrá-lo frente a frente. É uma coisa tremenda, essa de tudo de que você precisa já estar dentro de você; de não ter de considerar como adquirir o poder para fazer o que quer fazer ou se tornar o que quer ser.

Você só precisa considerar como usar do jeito certo o poder que tem. E não há nada a fazer além de começar. Use sua percepção da verdade; você vai poder ver alguma verdade hoje. Viva em completo acordo com ela e verá mais verdade amanhã.

Para livrar-se das velhas ideias falsas, vai ter de pensar muito sobre o valor dos homens, a grandeza e o valor da alma humana. Precisa parar de olhar para os defeitos humanos e ver virtudes. Não pode mais olhar para homens e mulheres como seres perdidos e arruinados que estão a caminho do inferno; tem de passar a olhar para eles como almas brilhantes que estão subindo ao céu. Isso vai exigir algum exercício de força de vontade, mas esse é o uso legítimo da vontade, decidir sobre o que você vai pensar e como vai pensar.

A função da vontade é dirigir o pensamento. Pense no lado bom dos homens, a parte adorável, atraente, e exerça sua vontade recusando-se a pensar em qualquer outra coisa em relação a eles.

Não conheço ninguém que tenha conquistado tanto nesse ponto quanto Eugene V. Debs, duas vezes candidato socialista à presidência dos Estados Unidos. O senhor Debs reverencia a humanidade. Nenhum pedido de ajuda feito a ele é em vão. Ninguém recebe dele uma palavra indelicada ou de censura. Não se pode estar na presença dele sem ter consciência de seu interesse profundo e pessoal. Todas as pessoas, seja um milionário, seja um operário sujo ou uma mulher castigada pela lida, recebem o calor radiante de uma afeição fraternal que é sincera e autêntica. Nenhuma criança maltrapilha fala com ele na rua sem receber reconhecimento imediato e terno. Debs ama os homens. Isso fez dele o principal personagem de um grande movimento, o herói amado por um milhão de corações, e dará a ele um nome imortal. É uma grande coisa amar os homens tanto assim, e isso só é alcançado pelo pensamento. Nada pode fazer você grande, exceto o pensamento.

> "Podemos dividir os pensadores entre aqueles que pensam por conta própria e os que pensam por meio dos outros. Os últimos são a regra; os primeiros, a exceção. Os primeiros são pensadores originais em um sentido duplo e egoístas no sentido mais nobre da palavra." – SCHOPENHAUER

"A chave para todo homem é seu pensamento. Por mais desafiador e firme que pareça, ele tem um comando ao qual obedece, que é a ideia a partir da qual todos os seus fatos são classificados. Só poderá ser reformado se a ele for mostrada uma ideia nova que se imponha à dele." – Emerson

"Todos os pensamentos realmente sábios já foram pensados milhares de vezes. Mas, para nos apoderamos deles de verdade, precisamos pensá-los novamente com honestidade até que criem raízes em nossa expressão pessoal." – Goethe

"Tudo que um homem é exteriormente não é mais que a expressão e completude de seu pensamento interior. Para funcionar efetivamente, ele precisa pensar com clareza. Para ter atitudes nobres, ele deve pensar com nobreza." – Channing

"Grandes homens são os que veem que a espiritualidade é maior que qualquer força material; que pensamentos comandam o mundo." – Emerson

"Algumas pessoas estudam durante toda a vida e, quando morrem, aprenderam tudo, exceto pensar." – Domergue

"É o pensamento habitual que toma forma em nossa vida. Ele nos afeta ainda mais que as relações sociais íntimas. Nossos amigos confidentes não exercem tanta influência na formatação de nossa vida quanto os pensamentos que nutrimos." – J. W. Teal

"Quando Deus traz um grande pensador a este planeta, todas as coisas correm risco. Não existe um fato científico que não possa ser contestado amanhã; nenhuma reputação literária ou os chamados nomes famosos eternos que não possam ser refutados e condenados." – Emerson

Pense! Pense! PENSE!

A ideia de Jesus sobre grandiosidade

No capítulo vinte e três de Mateus, Jesus faz uma distinção muito simples entre grandeza verdadeira e falsa e também aponta o grande perigo para todos os que querem tornar-se grandes; a mais insidiosa das tentações que todos os que desejam realmente progredir no mundo devem evitar e combater de maneira incessante. Falando para a multidão e para seus discípulos, ele os alerta para evitarem adotar o princípio dos fariseus. Ele aponta que, embora os fariseus sejam homens justos e dignos, juízes honrados, verdadeiros mestres das leis e corretos em seu trato com os homens, "amam acima de tudo os assentos nos banquetes e os cumprimentos no mercado, e serem chamados de Rabi, Senhor". E, em comparação com esse princípio, ele diz: "Aquele que será grande entre vós, que sirva".

A ideia da pessoa comum sobre um homem grandioso, em vez de ser alguém que serve, é de alguém que consegue ser servido. Ele se coloca em uma posição de comandar outros homens, de exercer poder sobre eles, obrigando-os a obedecer à sua vontade. Esse exercício de domínio sobre outras pessoas é, para muita gente, uma grande coisa. Nada parece mais doce à alma egoísta que isso. Você sempre vai encontrar toda pessoa egoísta e subdesenvolvida tentando dominar os outros, exercer controle sobre os homens. Homens selvagens começaram a escravizar uns aos outros assim que foram postos sobre a terra. Durante eras, o esforço em guerra, diplomacia, política e governo foi voltado para assegurar o controle sobre outros homens. Reis e príncipes encharcaram de sangue e lágrimas o solo da terra no esforço de ampliar seus domínios e seu poder para reinar sobre mais gente.

O esforço hoje no mundo dos negócios é o mesmo daquele nos campos de batalha da Europa há um século, em relação ao princípio de comando. Robert O. Ingersoll não conseguia entender por que homens como Rockefeller e Carnegie buscavam mais dinheiro e se tornavam escravos do esforço nos negócios, quando já tinham mais do que poderiam usar. Achava que isso era algum tipo de loucura e a ilustrava como a seguir: "Suponha que um homem tivesse cinquenta mil calças, setenta e cinco mil coletes, cem mil casacos e cento e cinquenta mil gravatas, o que pensaria dele, se esse homem acordasse antes do raiar do dia e trabalhasse até depois do anoitecer todos os dias, com chuva ou sol, em todos os climas, só para ter outra gravata?"

Mas não é uma boa comparação. Ter gravatas não dá a um homem poder sobre outros homens, mas a posse de dólares, sim. Rockefeller, Carnegie e outros como eles não estão atrás de dólares, mas de poder. É o princípio do Fariseu; é o esforço pelo lugar de destaque. Desenvolve homens capazes, ardilosos, cheios de recursos, mas não grandes homens.

Quero que compare com atenção essas duas ideias de grandeza em sua cabeça. "Aquele que será grande entre vocês, que sirva." Se eu me colocar diante da plateia americana mediana e perguntar o nome do maior americano, a maioria vai pensar em Abraham Lincoln; e não é porque reconhecemos em Lincoln, acima de todos os outros que serviram na vida pública, o espírito do serviço? Não servidão, mas serviço. Lincoln foi um grande homem porque sabia como ser um grande servidor. Napoleão, capaz, frio, egoísta, em busca dos lugares de destaque, foi um homem brilhante. Lincoln foi grande; Napoleão não foi. No momento em que começar a avançar e ser reconhecido como alguém que está fazendo coisas de um jeito grandioso, você vai se descobrir em perigo. A tentação de ser condescendente, de aconselhar ou de se encarregar de dirigir os assuntos da vida de outras pessoas é quase irresistível às vezes. Evite, no entanto, o perigo oposto de cair na servidão, ou de se colocar completamente a serviço de outras pessoas. Esse tem sido o ideal de muita gente. A vida de completo sacrifício pessoal foi considerada semelhante à de Cristo, por causa de uma concepção completamente errada do personagem e dos ensinamentos de Jesus, eu acho. Expliquei essa concepção errada em um livrinho que quero que todos vocês leiam algum dia: *A New Christ*. Milhares de pessoas imitando Jesus, como imaginam, diminuíram-se e desistiram de tudo para sair por aí fazendo o bem, praticando um altruísmo que, na verdade, é tão mórbido e tão distante da grandiosidade quanto o pior egoísmo. Os mais refinados instintos que respondem ao chamado de problemas ou perturbação não são você por inteiro, de jeito nenhum; não são necessariamente a melhor parte de você. Há outras coisas que você deve fazer, além de ajudar os desafortunados, embora seja verdade que uma grande parte da vida e das atividades de toda pessoa grandiosa deva ser direcionada a ajudar outras pessoas. Quando você começar a avançar, elas chegarão em você. Não as rejeite. Mas não cometa o erro fatal de supor que a vida de completa abnegação é o caminho para a grandeza.

Para estabelecer outro ponto aqui, vou falar que a classificação de Swedenborg dos motivos fundamentais é exatamente a mesma de Jesus. Ele divide todos os homens em dois grupos: os que vivem em puro amor, e aqueles que vivem no que ele chama de amor por dominar pelo amor a si mesmo. Vai ficar claro que isso é a mesma coisa que o desejo dos fariseus pelo lugar de destaque e poder. Swedenborg viu esse amor egoísta pelo poder como a causa de todo pecado. Era, então, o único desejo maligno do coração humano, do qual derivaram todos os outros desejos malignos.

Em oposição a isso, ele coloca o amor puro. Não fala em amor de Deus ou em amor do homem, mas simplesmente em amor. Quase todos os religiosos valorizam mais o amor e o serviço a Deus do que o amor e o serviço ao homem. Mas é fato que o amor a Deus não é suficiente para salvar um homem do desejo por poder, porque alguns dos amantes mais ardentes da Divindade foram os piores tiranos. Amantes de Deus são frequentemente tiranos, e amantes dos homens são frequentemente intrometidos e inoportunos.

Uma visão de evolução

Mas como evitamos nos lançar no trabalho altruísta se somos cercados por pobreza, ignorância, sofrimento e toda aparência de miséria, como muitas pessoas? Aqueles que vivem onde a mão murcha da necessidade é estendida de todos os lados pedindo ajuda devem ter dificuldade para se furtar à doação contínua. Novamente, há irregularidades sociais e de outro tipo, injustiças contra os fracos, que provocam em almas generosas um desejo quase irresistível de consertar as coisas. Queremos começar uma cruzada; sentimos que os erros nunca serão reparados até nos entregarmos inteiramente à tarefa. Em tudo isso, devemos nos basear no ponto de vista. Temos de lembrar que esse não é um mundo ruim, mas um mundo bom em processo de desenvolvimento.

Sem dúvida, houve um tempo em que não havia vida na terra. O testemunho da geologia de que o globo um dia foi uma bola de gás em combustão e rocha derretida, revestida de vapores ferventes, é indiscutível. E não sabemos como a vida poderia ter existido nessas condições; parece impossível. A geologia nos diz que, mais tarde, formou-se uma crosta, o globo esfriou e endureceu, os vapores se condensaram e se tornaram névoa ou caíram na forma de chuva. A superfície resfriada esfarelou em terra; a umidade acumulou, lagos e mares se formaram e, finalmente, em algum lugar na água ou na terra, apareceu alguma coisa viva.

É razoável supor que essa primeira vida era um organismo monocelular, mas por trás dessa célula havia o impulso incessante do Espírito, a Grande Vida Única buscando expressão. E logo organismos que tinham vida demais para se expressar em uma célula tinham duas células, depois várias, e ainda mais vida foi derramada neles.

Organismos multicelulares se formaram; plantas, árvores, vertebrados e mamíferos, muitos deles com formas estranhas, mas todos perfeitos à sua maneira como tudo que Deus faz. Sem dúvida, havia formas grosseiras e quase monstruosas de animais e plantas; mas tudo cumpria seu propósito em seu tempo, e tudo era muito bom. Então chegou outro dia, o grande dia do processo evolutivo, um dia quando as estrelas matinais cantaram juntas e os filhos de Deus gritaram de alegria por verem o princípio do fim, porque o homem, o objeto pretendido desde o início, surgiu em cena. Um ser simiesco, de aparência pouco diferente dos animais que o cercavam, mas infinitamente distinto na capacidade de crescimento e pensamento. Arte e beleza, arquitetura e canto, poesia e música, todas essas possibilidades não realizadas na alma daquele homem macaco. E, para seu tempo e sua espécie, ele era muito bom.

"É Deus que trabalha em você para obedecer e fazer sua vontade", diz São Paulo. Desde o dia em que o primeiro homem apareceu, Deus começou a trabalhar NO homem, colocando mais e mais dele mesmo em cada geração consecutiva, impulsionando-as a aumentar realizações e melhorar condições sociais, governamentais e domésticas. Quem pesquisa a história antiga e vê as terríveis condições que existiam, as barbaridades, idolatrias e sofrimentos, e, ao ler sobre Deus em relação a essas coisas, sente-se inclinado a pensar que Ele era cruel e injusto com o homem, deve parar e pensar. Do homem macaco até a chegada do homem Cristo, a raça teve de avançar. E isso só poderia ter sido feito pelos sucessivos desdobramentos dos vários poderes e das possibilidades latentes no cérebro humano.

Deus desejou se expressar, viver em forma, e não só isso, mas viver em uma forma na qual pudesse expressar-se no mais elevado plano moral e espiritual. Deus quis evoluir uma forma em que pudesse viver como um deus e manifestar-se como um deus. Esse foi o objetivo da força evolutiva. As eras de guerra, derramamento de sangue, sofrimento, injustiça e crueldade foram temperadas de muitas maneiras com amor e justiça, com o passar do tempo. E isso se desenvolvia no cérebro do homem até um ponto em que ele fosse capaz de dar plena expressão ao amor e à justiça de Deus. O fim ainda não chegou; Deus não busca a perfeição de algumas poucas espécies para exibição, como as frutas maiores postas na camada de cima da caixa, mas a glorificação da raça. Chegará um tempo em que o reino de Deus será estabelecido na terra; o tempo previsto pelo sonhador da Ilha de Patmos, quando não haverá mais choro, nem mais dor, porque essas coisas terão ficado para trás, e não haverá noite.

Servir a Deus

Conduzi o leitor até aqui pelos dois capítulos anteriores com a intenção de finalmente determinar a questão do dever. Ela confunde e deixa perplexo o homem que é franco e sincero e oferece a ele muita dificuldade em sua solução.

Quando esses homens começam a fazer algo de si mesmos e praticar a ciência de ser grande, descobrem-se necessariamente compelidos a rearranjar muitos de seus relacionamentos. Há amigos que talvez tenham de ser afastados, parentes que não os entendem e sentem que, de alguma forma, são desprezados; o verdadeiro grande homem é constantemente considerado egoísta por um grande círculo de pessoas que se relacionam com ele e sentem que deveriam receber mais benefícios do que recebem. A questão no final é: É meu dever fazer o máximo de mim mesmo, independentemente de todo o resto? Ou devo esperar até poder fazer isso sem causar nenhum atrito ou perda a ninguém? Essa questão do dever do Indivíduo com o mundo foi amplamente discutida nas páginas anteriores, e vou agora considerar a ideia do dever com Deus. Um imenso número de pessoas tem muita incerteza, para não dizer ansiedade, em relação ao que se deve fazer por Deus.

A quantidade de trabalho e serviço feito por ele nesses Estados Unidos em termos de obras da igreja e assim por diante é enorme. Uma imensa quantidade de energia humana é dedicada ao que se chama de servir a Deus. Proponho considerar brevemente o que é servir a Deus e como um homem pode servir a Deus da melhor maneira, e acho que vou conseguir deixar claro que a ideia convencional sobre o que constitui esse serviço é toda errada.

Quando Moisés entrou no Egito para libertar os hebreus do cativeiro, sua exigência ao faraó em nome da Divindade foi: "Liberte o povo para que eles possam me servir". Ele os levou de lá e instituiu uma nova forma de adoração que induziu muita gente a supor que adoração constitui o serviço a Deus, embora mais tarde o próprio Deus tenha declarado distintamente que não dava o menor valor a cerimônias, oferendas ou oblação, e os ensinamentos de Jesus, se entendidos corretamente, baniriam por completo a adoração em templos organizados. Deus não carece de nada que os homens possam fazer por Ele com seus corpos, mãos ou vozes. São Paulo diz que o homem não pode fazer nada por Deus, porque Deus não precisa de nada.

A perspectiva que vimos da evolução mostra Deus buscando expressão por intermédio do homem. Através de todas as eras sucessivas nas quais seu espírito impeliu o homem a avançar, Deus esteve buscando expressão. Cada geração de homens é mais parecida com Deus que a geração anterior. Cada geração de homens precisa mais de casas boas, ambientes agradáveis, trabalho satisfatório, viagens de descanso e oportunidade de estudo que a geração anterior.

Ouvi alguns economistas de visão curta afirmar que o trabalhador de hoje deveria estar totalmente satisfeito, porque suas condições são muito melhores que as dos trabalhadores de duzentos anos atrás, que dormiam em um alojamento sem janelas, no chão úmido e na companhia de porcos. Se aquele homem tinha tudo que era capaz de usar para viver a vida que sabia viver, ele estava plenamente satisfeito, e, se tinha carências, não estava satisfeito. O homem de hoje tem uma casa confortável e muitas coisas que eram desconhecidas pouco tempo atrás, e, se tem tudo isso e pode usar para viver toda a vida que é capaz de imaginar, vai ficar plenamente satisfeito. Mas ele não está satisfeito. Deus elevou tanto a raça que qualquer homem comum é capaz de imaginar uma vida melhor e mais desejável do que é capaz de viver nas condições existentes. E, enquanto for assim, enquanto o homem puder pensar e visualizar claramente para si mesmo uma vida mais desejável, ele estará descontente com a vida que tem de viver, e com razão. Esse descontentamento é o espírito de Deus impelindo os homens a buscar condições mais desejáveis. É Deus que busca expressão na raça. "Ele trabalha em nós para o querer e fazer."

O único serviço que você pode prestar a Deus é dar expressão ao que Ele está tentando dar ao mundo por meio de você. O único serviço que você pode prestar a Deus é fazer o máximo de si mesmo a fim de que Deus possa viver em você o máximo de suas possibilidades. Em uma obra anterior desta série (*A ciência de ficar rico*), eu me refiro ao menino ao piano, em cuja alma a música não conseguia encontrar expressão por suas mãos destreinadas. Esse é um bom exemplo de como o Espírito de Deus está sobre, perto, em volta e dentro de todos nós, buscando fazer grandes coisas conosco, assim que treinamos mãos e pés, mente, cérebro e corpo para a ele prestar serviço.

Seu primeiro dever com Deus, com você mesmo e com o mundo é tornar-se tão grande como personalidade, em todos os sentidos, quanto for possível. E isso, eu acho, propõe a questão do dever. Há uma ou duas outras coisas que podem ser propostas no encerramento deste capítulo. Eu disse, de maneira geral, que todo homem pode tornar-se grande, como em *A ciência de ficar rico* declarei que todo homem pode se tornar rico. Mas essas abrangentes generalizações precisam de qualificação. Há homens cuja mente é tão materialista que eles se tornam absolutamente incapazes de compreender a filosofia proposta nesses livros. Há uma grande massa de homens e mulheres que viveram e trabalharam até serem praticamente incapazes de pensar nesses termos; e eles não conseguem receber a mensagem. Alguma coisa pode ser feita por eles pelo exemplo, isto é, vivendo a vida diante deles. Mas esse é o único jeito de despertá-los. O mundo precisa mais de demonstração que de ensinamentos. Com relação a essa multidão, nosso dever é nos tornarmos tão grandes em personalidade quanto for possível, a fim de que eles possam ver e desejar a mesma coisa. É nosso dever nos fazermos grandes por eles, de forma que possamos ajudar a preparar o mundo para que a próxima geração tenha melhores condições para o pensamento.

Outro ponto: recebo frequentemente mensagens de pessoas que querem fazer alguma coisa delas mesmas e ganhar o mundo, mas são impedidas por laços domésticos, por outras pessoas que são mais ou menos dependentes delas, e que temem que sofram se forem deixadas. Em geral, aconselho essas pessoas a seguir sem medo e fazer o melhor possível por elas mesmas. Se houver alguma perda em casa, será apenas temporária e aparente, porque, em pouco tempo, se for seguida a orientação do Espírito, você vai poder cuidar melhor de seus dependentes do que jamais cuidou antes.

Um exercício mental

O propósito dos exercícios mentais não deve ser mal-entendido. Não há virtude em encantamentos ou sequências formuladas de palavras; não existe atalho para o desenvolvimento pela repetição de preces ou encantamentos. Um exercício mental é um exercício não na repetição de palavras, mas na formulação de certos pensamentos. As frases que ouvimos repetidamente se tornam convicções, como diz Goethe; e os pensamentos que formulamos repetidamente tornam-se habituais e fazem de nós o que somos. O propósito de fazer um exercício mental é que você pode pensar certos pensamentos repetidamente até formar o hábito de pensá-los; então, eles serão seus pensamentos o tempo todo. Feitos da maneira certa e com compreensão de seu propósito, exercícios mentais são de grande valor; mas, feitos como a maioria das pessoas os faz, são piores que inúteis.

Os pensamentos incorporados no exercício a seguir são os únicos que você quer pensar. Você deve fazer o exercício uma ou duas vezes por dia, mas deve pensar os pensamentos continuamente. Isto é, não os pense duas vezes por dia em um horário determinado e depois os esqueça até a hora de repetir o exercício. O exercício é gravar em você o material para pensamento contínuo.

Escolha um período em que possa ter de vinte minutos a meia hora sem interrupções e comece colocando-se fisicamente confortável. Recline-se em uma poltrona, ou deite-se em um sofá ou na cama; é melhor se deitar reto, de costas. Se não tiver outro tempo, faça o exercício quando for dormir e de manhã, antes de se levantar.

Primeiro, deixe a atenção vagar pelo corpo desde o topo da cabeça até a sola dos pés, relaxando cada músculo.

Relaxe completamente. Depois, tire da cabeça males físicos e de outra natureza. Deixe a atenção passar pela medula e sair dos nervos pelas extremidades, e, enquanto isso, pense: "Meus nervos estão em perfeita ordem por todo o meu corpo. Eles obedecem à minha vontade, e tenho grande força nervosa". Depois leve a atenção aos pulmões e pense: "Estou respirando profunda e silenciosamente, e o ar entra em cada célula dos meus pulmões, que estão em perfeita condição. Meu sangue é purificado e limpo". Em seguida, o coração: "Meu coração bate forte e estável, e minha circulação é perfeita, até nas extremidades". Depois o sistema digestivo: "Meu estômago e o intestino fazem seu trabalho com perfeição. Meu alimento é digerido e assimilado, e meu corpo é reconstruído e nutrido. Fígado, rins e bexiga executam suas funções sem dor ou esforço; estou perfeitamente bem. Meu corpo descansa, minha mente está calma, e minha alma está em paz.

"Não tenho ansiedade por problemas financeiros ou de outra natureza. Deus, que está dentro de mim, também está em todas as coisas que quero, me conduzindo para elas; tudo que quero já me foi dado. Não tenho ansiedade em relação à minha saúde, porque estou perfeitamente bem. Não tenho nenhuma ansiedade ou medo.

"Eu me imponho a toda tentação do mal moral. Repilo toda ganância, egoísmo e ambição pessoal estreita; não alimento inveja, maldade ou inimizade por nenhum ser vivo. Não tomo nenhuma atitude que não esteja de acordo com meus ideais mais elevados. Sou certo e farei certo".

Ponto de vista

"Tudo está certo no mundo. Ele é perfeito e avança para a completude. Vou contemplar os fatos da vida social, política e industrial apenas deste elevado ponto de vista. Atenção, tudo é muito bom. Vou ver todos os seres humanos, todos os meus conhecidos, amigos, vizinhos e as pessoas de minha casa do mesmo jeito. Todos são bons. Nada está errado com o universo; nada pode estar errado, exceto minha atitude pessoal, e, portanto, eu a mantenho certa de agora em diante. Minha total confiança está em Deus."

Consagração

"Vou obedecer à minha alma e ser verdadeiro com aquilo que é mais elevado dentro de mim. Vou procurar em mim a ideia pura do certo em todas as coisas, e, quando a encontrar, vou expressá-la em minha vida exterior. Vou abandonar tudo que superei pelo melhor que posso pensar. Vou ter os pensamentos mais elevados em relação aos meus relacionamentos, e minha maneira de agir deve expressar esses pensamentos. Concedo meu corpo para que seja governado pela mente; entrego minha mente para ser dominada pela alma, e entrego minha alma à orientação de Deus."

IDENTIFICAÇÃO

"Só existe uma substância e origem, e dela sou feito e com ela estou como um só. É meu Pai; eu me origino e procedo dele. Meu Pai e eu somos um, e meu Pai é maior que eu, e faço a vontade Dele. Eu me rendo à unidade consciente com o Espírito Puro; só há um, e esse um está em todos os lugares. Sou parte da Eterna Consciência."

IDEALIZAÇÃO

Forme uma ideia mental de seu self como deseja ser, e na maior altura que sua imaginação pode criar. More nessa imagem por algum tempo, retendo o pensamento: "Isso é o que realmente sou; é uma imagem de mim mesmo perfeito e avançando para a completude. Vou contemplar os fatos da vida social, política e industrial apenas deste elevado ponto de vista. Atenção, tudo é muito bom. Vou ver todos os seres humanos, todos os meus conhecidos, amigos, vizinhos e as pessoas de minha casa do mesmo jeito. Todos são bons.

"Não tem nada errado com o universo, nada pode estar errado, exceto minha atitude pessoal, e de agora em diante a mantenho certa. Toda a minha confiança está em Deus".

REALIZAÇÃO

"Eu me aproprio do poder para me tornar o que quero ser, e fazer o que quero fazer. Exerço energia criativa; todo o poder que existe é meu. Vou me levantar e avançar com poder e perfeita confiança; vou fazer obras poderosas na força do Senhor, meu Deus. Vou confiar e não vou temer, porque Deus está comigo."

Um resumo da Ciência da Prosperidade

Todos os homens são feitos da substância inteligente única e, portanto, todos contêm os mesmos poderes essenciais e possibilidades. Grandiosidade é igualmente inerente em todos e pode ser manifestada por todos. Toda pessoa pode tornar-se grande. Todo constituinte de Deus é um constituinte do homem.

O homem pode superar hereditariedade e circunstâncias exercitando o poder criativo inerente à alma. Se ele quer se tornar grande, a alma deve agir e governar a mente e o corpo.

O conhecimento do homem é limitado, e ele cai em erro pela ignorância; para evitar que isso aconteça, tem de conectar a alma com o Espírito Universal. Espírito Universal é a substância inteligente da qual derivam todas as coisas; está em todas as coisas. Todas as coisas são conhecidas dessa mente universal, e o homem pode se unir a ela para ter posse de todo o conhecimento.

Para isso, o homem deve afastar-se de tudo que o separa de Deus. Deve escolher viver a vida divina e deve superar todas as tentações morais; ele precisa abdicar de toda ação que não esteja de acordo com seus ideais mais elevados.

O homem precisa alcançar o ponto de vista certo, reconhecer que Deus é tudo, em tudo, e que não há nada errado. Ele precisa ver que natureza, sociedade, governo e indústria são perfeitos em seu estágio atual e avançam para a completude; e que todos os homens e mulheres, em todos os lugares, são bons e perfeitos. Ele precisa saber que tudo está certo no mundo e unir-se com Deus para completar a obra perfeita. Somente quando o homem vê, em tudo, Deus como a Grande Presença que Avança, e bom em tudo, ele pode ascender à verdadeira grandeza.

Ele precisa consagrar-se ao serviço do altíssimo que está dentro dele, obedecer à voz da alma. Existe uma Luz Interior em todo homem que o impele continuamente em direção ao mais alto, e ele deve ser guiado por essa luz, quer se tornar grande.

Ele precisa reconhecer que é parte do Pai e afirmar, de maneira consciente, essa unidade para si mesmo e para todos os outros. Precisa reconhecer-se como um deus entre deuses e agir de acordo com isso. Precisa ter fé absoluta em suas percepções da verdade e começar a agir de acordo com essas percepções em casa. Quando vê o caminho verdadeiro e certo nas pequenas coisas, ele precisa seguir esse caminho. Tem de deixar de agir sem pensar e começar a pensar; e precisa ser sincero em seu pensamento.

Ele deve formar uma concepção mental de si mesmo no grau mais elevado e preservar essa concepção até que ela seja seu pensamento-forma habitual de si. Deve manter esse pensamento-forma continuamente em vista. Deve realizar exteriormente e expressar esse pensamento-forma em suas atitudes. Ele precisa fazer de um jeito grandioso tudo que faz. Ao lidar com família, vizinhos, conhecidos e amigos, tem de tornar cada ato uma expressão de seu ideal. O homem que alcança o ponto de vista certo e faz plena consagração, e que se idealiza plenamente como grande, e torna cada ato, por mais trivial que seja, uma expressão do ideal já alcançou a grandiosidade. Tudo que ele faz será feito de maneira grandiosa. Ele se fará conhecido e será reconhecido como uma personalidade de poder. Vai receber conhecimento por inspiração e vai saber tudo que precisa saber. Vai receber toda riqueza material que forma em seus pensamentos e não terá carência de nenhuma coisa boa. Terá a capacidade de lidar com qualquer combinação de circunstâncias que possa surgir e terá crescimento e progresso contínuos e rápidos.

Grandes trabalhos o procurarão, e todos os homens terão prazer em honrá-lo. Por causa de seu valor peculiar para o estudante de *A Ciência da prosperidade*, encerro este livro com um trecho de "Over-Soul", ensaio de Emerson. Esse grande trabalho é fundamental; mostra os princípios de base do monismo e a ciência da grandeza. Recomendo que o leitor o estude com o máximo de cuidado em relação a este livro.

O que é o sentimento universal de carência e ignorância, senão a boa insinuação pela qual a grande alma faz sua enorme declaração? Por que os homens sentem que a história natural do homem nunca foi escrita, mas está sempre deixando para trás o que foi dito dele, e isso se torna antiquado, e os livros de metafísica, imprestáveis?

A filosofia de seis mil anos não pesquisou as câmaras e revistas da alma. Em seus experimentos sempre restou, em última análise, um resíduo que ela não conseguia resolver. O homem é uma correnteza cuja origem é oculta. Nosso ser está sempre descendo para dentro de nós, e não sabemos de onde vem. A calculadora mais exata não tem presciência de que alguma coisa incalculável pode surgir no momento seguinte. Sou forçado, a todo momento, a reconhecer uma origem superior para os acontecimentos, além da vontade que chamo minha.

Como com os acontecimentos, também é com os pensamentos. Quando observo o rio que corre, que, vindo de regiões que não posso ver, despeja por uma temporada sua correnteza em mim, vejo que sou um pensionista, não uma causa, mas um surpreso espectador dessa água etérea; que a desejo e procuro, e para a qual me ponho em atitude de recepção, mas de alguma energia estranha vêm as visões.

O Crítico Supremo de todos os erros do passado e presente, e o único profeta que deve haver, é a grande natureza em que repousamos, como a terra descansa nos braços suaves da atmosfera; essa unidade, essa Alma Universal, com a qual todo ser particular do homem é contido e unificado a todos os outros; esse coração comum, do qual toda conversa sincera é a adoração, ao qual toda ação correta é submissão; essa realidade sobrepujante que refuta nossos truques e talentos e obriga cada um a passar pelo que é, e falar a partir de seu caráter, não da língua; e que sempre tende a tentar levar para o nosso pensamento e mão, e tornar-se sabedoria, e virtude, e poder e beleza. Vivemos em sucessão, em divisão, em partes, em partículas.

Enquanto isso, dentro do homem está a alma do todo; o silêncio sábio; a beleza universal, a que cada parte e partícula é igualmente relacionada, o Uno eterno. E esse poder profundo em que existimos, e cuja beatitude é completamente acessível a nós, não é só suficiente e perfeito todas as horas, mas o ato de ver, e a coisa vista, o espectador e o espetáculo, o sujeito e o objeto, são um. Vemos o mundo pedaço por pedaço, como o sol, a lua, o animal, a árvore; mas o todo, do qual eles são partes brilhantes, é a alma. É só pela visão dessa Sabedoria que o horóscopo das eras pode ser lido, e só se baseando em nossos melhores pensamentos, cedendo ao espírito da profecia que é inato em todo homem, sabemos o que foi dito. As palavras de todo homem, que falam a partir desta vida, devem soar vãs àqueles que, de sua parte, não residem no mesmo pensamento. Não me atrevo a falar por isso.

Minhas palavras não carregam seu augusto sentido; soam insuficientes e frias. Só ele mesmo pode inspirar quem quiser, e atenção! O discurso deve ser lírico e doce, e universal com o sopro do vento.

Porém desejo, mesmo que por palavras profanas, se sagradas não posso usar, indicar o céu dessa divindade e relatar que sugestões colhi da transcendente simplicidade e energia da Lei Altíssima.

Se considerarmos o que acontece em devaneios, conversas, no remorso, em tempos de paixão, em surpresas, na instrução de sonhos nos quais muitas vezes nos vemos mascarados – disfarces que só ampliam e ressaltam um elemento real e o impõem à nossa distinta atenção –, perceberemos muitas sugestões que se alargarão e esclarecerão em conhecimento do segredo da natureza. Tudo vai mostrar que a alma no homem não é um órgão, mas anima e exercita todos os órgãos; não é uma função, como o poder da memória, de cálculo, de comparação, mas os utiliza como mãos e pés; não é uma faculdade, mas uma luz; não é o intelecto ou a vontade, mas o mestre do intelecto e da vontade – é o vasto histórico de nosso ser, no qual repousa uma imensidão não possuída e que não pode ser possuída. De dentro ou de trás, uma luz brilha através de nós sobre as coisas e nos faz conscientes de que somos nada, mas a luz é tudo. Um homem é a fachada de um templo no qual toda a sabedoria e todo o bem habitam. O que comumente chamamos de homem, o homem que come, bebe, planta, conta, não se representa, quando o conhecemos, mas se representa mal. Não respeitamos a ele, mas à alma, cujo órgão ele é, se permitisse que ela aparecesse por meio de suas ações, e faria nossos joelhos se dobrar. Quando ela sopra seu intelecto, é genialidade; quando flui por seus afetos, é amor.

Por sua própria lei, e não por aritmética, o ritmo de seu progresso deve ser computado. Os avanços da alma não se dão gradualmente, como o que pode ser representado por movimento em linha reta, mas pela ascensão de estado, como o que pode ser representado por metamorfose – do ovo à larva, da larva à mosca. Os crescimentos de genialidade são de um certo caráter total que não faz avançar o indivíduo eleito antes John, depois Adam, depois Richard, e dá a cada um a dor da inferioridade descoberta, mas a cada espasmo de crescimento o homem se expande ali onde trabalha, passando, a cada pulsação, classes, populações de homens. Com cada impulso divino, a mente rasga as finas cascas do visível e do finito, sai para a eternidade, inspira e expira seu ar.

Essa é a lei do ganho moral e mental. A ascensão simples, como que por leveza específica, não para uma virtude particular, mas para a região de todas as virtudes. Eles estão no espírito que contém todos eles. A alma é superior a todos os detalhes de mérito. A alma requer pureza, mas pureza não é isso; requer justiça, mas justiça não é isso; requer beneficência, mas é um pouco melhor; para que haja uma espécie de descida e acomodação sentida quando deixamos de falar da natureza moral, para incitar uma virtude que ela impõe. Pois, para a alma em sua ação pura, todas as virtudes são naturais, e não dolorosamente adquiridas. Fale ao seu coração, e o homem se torna repentinamente virtuoso. Dentro do mesmo sentimento está o germe do crescimento intelectual, que obedece à mesma lei. Aqueles que são capazes de humildade, de justiça, de amor, de aspiração já estão em uma plataforma que comanda as ciências e as artes, a fala e a poesia, a ação e a graça. Pois quem habita nesta bem-aventurança mortal já antecipa aqueles poderes especiais que os homens tanto prezam, assim como o amor faz jus a todos os dons do objeto amado. O amante não tem talento nem habilidade, o que não passa despercebido pela donzela apaixonada, por mais que ela tenha poucas faculdades relacionadas. E o coração que se abandona à Mente Suprema encontra-se em relação com todas as suas obras e percorrerá uma estrada real para saberes e poderes particulares. Pois, ao ascender a esse sentimento primário e aborígine, viemos imediatamente de nossa posição remota na circunferência para o centro do mundo, onde, como no armário de Deus, vemos causas e antecipamos o universo, que é apenas um efeito lento.